卞尺丹几乙し丹卞と
Translated Language Learning

Alices Abenteuer im Wunderland

爱丽丝梦游仙境

Lewis Carroll

刘易斯·卡罗尔

Deutsch / 普通话

Published by Tranzlaty
ISBN: 978-1-83566-792-7
Original text: Alice's Adventures in Wonderland
by Lewis Carroll (1865)
Abridged by Sam'l Gabriel Sons (1916)
www.tranzlaty.com

Runter in den Kaninchenbau
兔子洞

Alice fing an, sehr müde zu werden
爱丽丝开始变得非常疲倦
Sie saß neben ihrer Schwester auf der Grasbank
她和姐姐一起坐在草地上
aber sie hatte nichts zu tun
但她无事可做
Ihre Schwester las ein Buch
她的姐姐正在看书
Ein- oder zweimal schaute Alice in das Buch
爱丽丝有一两次偷看了这本书
aber das Buch enthielt keine Bilder oder Gespräche
但这本书里没有图片或对话
"Was nützt ein Buch ohne Bilder?", dachte Alice
"没有图片的书有什么用呢？"
"Warum sollte ein Buch keine Gespräche führen?"
"为什么一本书没有对话？"
Aber sie hatte noch andere Dinge zu bedenken
但她还有其他事情要考虑
"Es wäre ein Vergnügen, eine Kette aus Gänseblümchen zu

machen"
"制作一串雏菊将是一种乐趣"
"Aber lohnt es sich, aufzustehen und die Gänseblümchen zu pflücken??"
"但是，值得起床摘雏菊吗？？"
Das war nicht so leicht zu denken
这可不是那么容易想的
weil sie sich an diesem Tag schläfrig und dumm fühlte
因为那一天让她感到困倦和愚蠢
aber plötzlich wurden ihre Gedanken unterbrochen
但突然间，她的思绪被打断了
ein weißes Kaninchen mit rosa Augen lief nah an ihr vorbei
一只粉红色眼睛的白兔在她身边跑来跑去

Es war nichts übermäßig Bemerkenswertes an dem Kaninchen
这只兔子没有什么特别了不起的
und Alice fand das Kaninchen auch nicht bemerkenswert
爱丽丝也不觉得这只兔子很了不起
auch überraschte es sie nicht, als das Kaninchen sprach
兔子说话时，她也没有感到惊讶

»O je! Ich werde zu spät kommen!« sagte er zu sich selbst

"噢，天哪！我来不及了！

aber dann tat das Kaninchen etwas, was Kaninchen nicht tun

但随后兔子做了兔子没有做的事情

das Kaninchen zog eine Uhr aus der Westentasche

兔子从背心口袋里掏出一块手表

Er schaute auf die Uhr und eilte dann weiter

他看了看时间，然后匆匆忙忙地继续说

Alice erhob sich erstaunt

爱丽丝惊奇地站了起来

Sie hatte noch nie zuvor ein Kaninchen mit Weste gesehen!

她以前从来没有见过穿背心的兔子！

noch hatte sie je ein Kaninchen mit einer Uhr gesehen!

她也从来没有见过带手表的兔子！

Alice brannte vor neuer Neugierde

爱丽丝又燃起了新的好奇心

und sie rannte über das Feld hinter dem Kaninchen her

她追着兔子跑过田野

Sie kam gerade noch rechtzeitig, um das Kaninchen verschwinden zu sehen

她正好看到兔子消失了

Das Kaninchen hüpfte in einen großen Kaninchenbau hinab

兔子跳进了一个大兔子洞

Im nächsten Augenblick stürzte Alice hinter dem Kaninchen her!

又过了一会儿，爱丽丝追着兔子倒下了！

Der Kaninchenbau ging geradeaus wie ein Tunnel

兔子洞像隧道一样笔直地向前

und der Tunnel ging noch eine Weile weiter

隧道继续延伸了一段距离

und dann senkte sich der Weg plötzlich hinunter

然后小路突然下降了

Alice hatte keinen Augenblick, daran zu denken, ob sie sich

zurückhalten sollte
爱丽丝没有片刻想阻止自己
Sie fiel hin und hinunter und hinunter
她发现自己跌倒了，跌倒了，跌倒了
Es schien, als sei sie in einen sehr tiefen Brunnen gefallen
她好像掉进了一口很深的井里
Entweder war der Brunnen sehr tief, oder sie fiel sehr
langsam
要么井很深，要么她下得很慢
denn sie hatte viel Zeit zum Fallen
因为她有足够的时间跌倒
Als sie fiel, konnte sie sich umsehen
当她坠落时，她可以环顾四周
Zuerst versuchte sie herauszufinden, wohin sie ging
首先，她试图弄清楚她要去哪里
aber der Brunnen war zu dunkel, um etwas zu sehen
但井太黑了，什么也看不见
Dann blickte sie auf die Seiten des Brunnens
然后她看了看井的两侧
Und sie bemerkte, dass überall um sie herum Schränke
standen
她注意到她周围到处都是橱柜
und rings um den Brunnen waren Bücherregale
井周围都是书架
Hier und da sah sie Karten und Bilder, die an Pflöcken
hingen
她到处都能看到钉子上挂着的地图和图片
Im Vorbeigehen nahm sie ein Glas aus einem der Regale
她经过时从其中一个架子上取下了一个罐子
Das Glas wurde für seinen Inhalt gekennzeichnet
这个罐子的内容物被贴上了标签
"MARMELADE AUS ORANGEN"
"橙子做的果酱"
Aber zu ihrer großen Enttäuschung war das

Marmeladenglas leer
但是，令她非常失望的是，果酱罐子里是空的
Sie wollte das leere Marmeladenglas nicht fallen lassen
她不想掉下空的果酱罐
und ihr Fall war sehr langsam
她的坠落非常缓慢
So schaffte sie es, das Marmeladenglas in einen der Schränke zu stellen
所以她设法把果酱罐子放进了一个橱柜里
Nieder, hinunter, hinunter fiel sie!
她倒下，倒下，倒下！
Würde der Fall jemals ein Ende haben?
堕落会结束吗？
Es gab nichts anderes zu tun
别无他法
so fing Alice bald an, mit sich selbst zu reden
所以爱丽丝很快就开始自言自语了
»Dinah wird mich heute abend sehr vermissen, sollte ich meinen!«
"我想，黛娜今晚会非常想我！"
Dinah war Alices Katze
黛娜是爱丽丝的猫
»Ich hoffe, sie werden sich an ihre Untertasse mit Milch zur Teezeit erinnern.«
"我希望他们会记得她在下午茶时间的牛奶碟"
»Dinah, meine Liebe, ich wünschte, du wärst hier unten bei mir!«
"黛娜，亲爱的，我真希望你和我在一起！"
Alice fühlte, als würde sie einschlafen
爱丽丝觉得自己在打瞌睡
Und dann plötzlich, dumpf! Bums!
然后突然，砰的一声！扑通！
Sie fiel auf einen Haufen Stöcke
她倒在了一堆树枝上

und sie landete auf einem Haufen trockener Blätter
她落在一堆干树叶上
Und endlich war der lange Sturz in das Loch vorbei
终于，漫长的坠落结束了
Alice war kein bisschen verletzt
爱丽丝没有受伤
und sie sprang in einem Augenblick auf
她一下子就跳了起来
Sie blickte auf, aber es war alles dunkel über ihr
她抬起头，但头顶上一片漆黑
Vor ihr lag ein weiterer langer Korridor
在她面前是另一条长长的走廊
und das weiße Kaninchen war noch in Sicht
而白兔还在眼前
Er eilte den Korridor hinunter
他正匆匆忙忙地沿着走廊走去
Es war kein Augenblick zu verlieren
没有一刻可以浪费
davonlief Alice wie der Wind
爱丽丝像风一样跑了
um die Ecke drehte sich das Kaninchen
拐角处转过了兔子
Sie kam gerade noch rechtzeitig, um das Kaninchen zu hören
她正好听到兔子的声音
"Oh, meine Ohren und Schnurrhaare"
""哦，我的耳朵和胡须"
"Wie spät es wird!"
"多晚啊！"
Sie war dicht hinter dem Kaninchen
她紧跟在兔子后面
Sie bog um eine weitere Ecke
她转过另一个拐角
aber das Kaninchen war nicht mehr zu sehen

但兔子已经不见了

Sie befand sich in einer langen, niedrigen Halle

她发现自己在一个又长又低的大厅里

Der Saal wurde von einer Reihe von Deckenlampen erleuchtet

大厅里有一排吊灯照亮

Überall im Saal gab es Türen

大厅周围都是门

aber alle Türen waren verschlossen

但所有的门都锁上了

Sie ging den ganzen Weg an der einen Seite des Flurs hinunter

她一路走到大厅的一侧

Und sie war den ganzen Weg auf der anderen Seite des Flurs hinaufgegegangen

她一路走到大厅的另一边

Sie hatte jede Tür ausprobiert

她尝试了每一扇门

Und sie ging traurig in der Mitte des Saales entlang

她悲伤地走在大厅中间

"Wie komme ich da mal wieder raus?"

"我怎么能再出去呢？"

Plötzlich stieß sie auf einen kleinen Tisch

突然，她来到一张小桌子前

Der Tisch wurde komplett aus massivem Glas gefertigt

桌子完全由实心玻璃制成

Auf dem Tisch lag nichts als ein winziger goldener Schlüssel

桌子上除了一把小小的金钥匙外什么都没有

Der Schlüssel könnte zu einer der Türen gehören!

钥匙可能属于其中一扇门！

Aber ach! Einige der Schlösser waren zu groß für die Schlüssel

但是，唉！有些锁对于钥匙来说太大了

und für die anderen Schlösser war der Schlüssel zu klein

而其他锁的钥匙太小了

aber auf jeden Fall öffnete der Schlüssel keine der Türen

但是，无论如何，钥匙没有打开任何一扇门

Aber was sollte sie tun?

但她该怎么办呢？

Sie ging wieder durch den Saal

她又穿过了大厅

Und diesmal bemerkte sie einen niedrigen Vorhang

这一次，她注意到一个低矮的窗帘

Hinter dem Vorhang war eine kleine Tür

窗帘后面是一扇小门

Die Tür war etwa fünfzehn Zoll hoch

门大约有 15 英寸高

Sie probierte den kleinen goldenen Schlüssel im Schloss aus

她试了试锁里的小金钥匙

Und zu ihrer großen Freude passte der Schlüssel ins Schloss!

令她非常高兴的是，钥匙了锁里！

Alice öffnete die Tür

爱丽丝打开了门

und sie fand, daß die Tür in einen kleinen Korridor führte

她发现门通向一条小走廊
Der Korridor war nicht viel größer als ein Rattenloch
走廊比一个老鼠洞大不了多少
Sie kniete nieder und blickte den Korridor entlang
她跪下来，沿着走廊看去
Und sie sah den schönsten Garten, den du je gesehen hast
她看到了你所见过的最美丽的花园
wie sehr sie sich danach sehnte, aus dieser dunklen Halle
herauszukommen
她多么渴望走出那个黑暗的大厅
wie sie sich wünschte, zwischen diesen leuchtenden Blumen
zu wandern
她多么想在那些鲜艳的花朵中徜徉
Wie cool die Erfrischung dieser Brunnen aussah
刷新那些喷泉看起来多么酷
aber sie konnte nicht einmal ihren Kopf durch die Tür
stecken
但她甚至无法将头从门口探出
»Oh,« sagte Alice traurig
"哦，"爱丽丝悲哀地说
»wie sehr wünschte ich, ich könnte mich zusammenfalten
wie ein Fernrohr!«
"我多么希望我能像望远镜一样折叠起来！"
"Ich glaube, ich könnte mich zusammenfalten wie ein
Teleskop"
"我觉得我可以像望远镜一样折叠起来"
"Wenn ich nur wüsste, wie ich anfangen sollte"
"如果我知道如何开始"
Alice ging zurück an den Tisch
爱丽丝回到桌子旁
Es bestand die Möglichkeit, einen weiteren Schlüssel zu
finden
有机会找到另一把钥匙
Oder es gibt ein Buch mit Regeln

或者可能有一本规则书

Das Buch könnte ihr sagen, wie man sich wie ein Teleskop zusammenfaltet

这本书可以告诉她如何像望远镜一样折叠起来

Diesmal fand sie ein Fläschchen

这一次她找到了一个小瓶子

"Diese Flasche war gewiß vorher nicht hier," sagte Alice

"这瓶酒以前肯定没出现过，"爱丽丝说

Und um den Flaschenhals war ein Papieretikett gebunden

瓶子的脖子上系着一个纸质标签

Das Etikett war wunderschön in großen Buchstaben gedruckt

标签上印着精美的大字

"TRINK MICH"

"喝我"

»Nein, ich werde erst nachsehen«, sagte sie

"不，我先看看，"她说

"Ich werde sehen, ob die Flasche als giftig gekennzeichnet ist oder nicht."

"我看看瓶子是不是被标记为有毒的。"

weil sie die Lektion über das Gift nie vergessen hat

因为她从未忘记关于毒药的教训

"Wenn eine Flasche als giftig gekennzeichnet ist, wird sie Ihnen bestimmt nicht zustimmen"

"如果一个瓶子被贴上了有毒的标签，它肯定会不同意你的看法"

Diese Flasche war jedoch nicht als giftig gekennzeichnet

然而，这个瓶子并没有被标记为有毒

so wagte Alice es, den Inhalt der Flasche zu kosten

于是爱丽丝冒险尝尝了瓶子里的东西

Sie fand die Flüssigkeit ganz nach ihrem Geschmack

她发现这种液体很合她的胃口

Das Getränk hatte einen gemischten Geschmack

这种饮料有一种混合的味道

Kirschkuchen, Vanillepudding und Ananas

樱桃馅饼、奶油冻和菠萝

Gebratener Truthahn, Toffee und Toast mit heißer Butter

烤火鸡、太妃糖和热黄油吐司

und bald trank sie die Flasche aus

她很快就喝光了这瓶酒

"Was für ein merkwürdiges Gefühl!" sagte Alice

“多么奇怪的感觉啊！”

"Ich klappe mich zusammen wie ein Teleskop!"

“我像望远镜一样折叠起来！”

Und sie faltete sich tatsächlich zusammen wie ein Teleskop!

她果然像望远镜一样折叠起来！

Sie war jetzt nur noch zehn Zentimeter groß

她现在只有十英寸高

und ihr Gesicht erhellte sich bei ihren Gedanken

她的脸因她的思绪而变得明亮起来

Jetzt hatte sie die richtige Größe für das Türchen

现在她的大小正好适合那扇小门

Jetzt konnte sie in diesen schönen Garten gehen

现在她可以走进那个可爱的花园了

Bald hörte sie auf, kleiner zu werden

很快她就不再变小了

Sie beschloß, sofort in den Garten zu gehen

她决定马上进花园

aber wehe der armen Alice!

但是，可怜的爱丽丝可惜！

Sie kam zur Tür

她到了门口

Aber sie hatte den kleinen goldenen Schlüssel vergessen

可是她忘了那把小金钥匙

Sie ging zurück zum Tisch, um den Schlüssel zu holen

她回到桌子前拿钥匙

aber sie merkte, daß sie nicht hoch genug greifen konnte

但她发现自己够不着

Sie konnte den Schlüssel ganz deutlich durch das Glas
sehen
她可以透过玻璃清楚地看到钥匙
Sie versuchte, die Beine des Tisches hinaufzuklettern
她试图爬上桌腿
Aber das Glas war viel zu rutschig
但玻璃太滑了
Irgendwann erschöpfte sie sich mit dem Versuch
最终，她尝试了一下，让自己疲惫不堪
Und das arme kleine Mädchen setzte sich hin und weinte
可怜的小女孩坐下来哭泣
Alice sprach ziemlich scharf mit sich selbst
爱丽丝对自己说得相当尖锐
"Komm, es hat keinen Zweck, so zu weinen!"
"来，这样哭也没用！"
"Ich rate dir, gleich aufzuhören!"
"我劝你马上停下来！"
Sie gab sich im Allgemeinen sehr gute Ratschläge
她通常给自己很好的建议
obwohl sie nur sehr selten ihren eigenen Rat befolgte
虽然她很少听从自己的建议
und sie war manchmal zu streng mit sich selbst
她有时对自己太苛刻了
und ihre Worte trieben ihr Tränen in die Augen
她的话让她热泪盈眶
Bald fiel ihr Blick auf einen kleinen Glaskasten
很快，她的目光落在了一个小玻璃盒上
Der kleine Glaskasten lag unter dem Tisch
那个小玻璃盒子躺在桌子下面
In dem Glaskasten befand sich ein sehr kleiner Kuchen
玻璃盒里有一个非常小的蛋糕
Auf dem Kuchen waren einige Worte schön geschrieben
在蛋糕上，有些文字写得很漂亮
die Worte waren in Johannisbeeren markiert worden

这些字已经用醋栗标记了
"MICH ESSEN"
"吃我"
"Nun, ich werde den Kuchen essen," sagte Alice
"好吧，我来吃蛋糕，"爱丽丝说
"Und wenn mich der Kuchen größer werden lässt, kann ich den Schlüssel erreichen"
"如果蛋糕让我长大，我就能拿到钥匙"
"Und wenn mich der Kuchen kleiner werden lässt, kann ich unter die Tür kriechen"
"如果蛋糕让我变小了，我就可以悄悄地躲进门下。"
"Also so oder so komme ich in den Garten"
"所以不管怎样，我都得进花园去。"
"Und es ist mir egal, was von beidem passiert!"
"而且我不在乎这两种情况中哪一种发生！"
Sie aß ein wenig von dem Kuchen
她吃了一点蛋糕
und sie sprach ängstlich zu sich selbst:
她焦急地对自己说：
"In welche Richtung? In welche Richtung?"
"哪条路？哪条路？
und sie hielt die Hand auf den Kopf
她把手放在头上
Sie wollte spüren, in welche Richtung sie wuchs
她想感受一下自己正在成长的方向
Sie war ganz überrascht, als sie erfuhr, was geschehen war
她很惊讶地发现发生了什么
Sie war gleich groß geblieben!
她还是一样的大小！
Also verdoppelte sie dieses Mal ihre Bemühungen
所以这一次她加倍努力
Und bald war der ganze Kuchen fertig
很快她就吃完了整个蛋糕

Der Pool der Tränen
泪池

"Das wird immer interessanter!" rief Alice
"这越来越有趣了！"

Man kann sehen, dass sie sehr überrascht war
你可以看到她非常惊讶

"Ich öffne mich wie das größte Teleskop, das es je gab!"
"我像有史以来最大的望远镜一样打开！"

»Auf Wiedersehen, Füße! Oh, meine armen kleinen Füße"
"再见，脚！哦，我可怜的小脚丫"

"Ich frage mich, wer euch jetzt die Schuhe anziehen wird, meine Lieben?"
"我想知道现在谁来为你穿鞋呢，亲爱的？"

»und ich frage mich, wer Ihre Strümpfe anziehen wird?«
"我想知道谁来穿你的丝袜呢？"

"Ich werde viel zu weit weg sein"
"我离得太远了"

"Ich werde mich nicht mehr um dich kümmern können"
"我再也不能为你烦恼了"

In diesem Augenblick schlug ihr Kopf gegen etwas
就在这时，她的头撞到了什么东西上

Sie hatte das Dach des Saales erreicht
她已经到了大厅的屋顶上

Tatsächlich war sie jetzt mehr als zwei Meter groß
事实上，她现在已经有两米多高了

und sie ergriff sogleich den kleinen goldenen Schlüssel
她立刻拿起了那把小金钥匙

und sie eilte zur Gartentür
她匆匆忙忙地走到花园门口

Arme Alice! Es gab nicht viel, was sie tun konnte
可怜的爱丽丝！她能做的不多

Sie legte sich auf die Seite
她躺在一边

Und sie blickte mit einem Auge in den Garten hinein

她用一只眼睛望向花园里
Aber durchzukommen war hoffnungsloser denn je
但要通过比以往任何时候都更加绝望
Sie setzte sich und fing wieder an zu weinen
她坐下来，又开始哭泣
Sie fuhr fort, literweise Tränen zu vergießen
她继续流泪
Bald war ein großer Pool um sie herum
很快，她周围就出现了一个大水池
und das Wasser reichte bis zur Hälfte des Flurs
水已经到了大厅的一半
Nach einer Weile hörte sie ein leises Getrappel von Füßen
过了一会儿，她听到了一点点脚步声
Sie hörte die Füße aus der Ferne kommen
她听到远处传来的脚步声
Und sie trocknete sich hastig die Augen, um zu sehen, was kommen würde
她急忙擦干眼睛，看看会发生什么
Es war das weiße Kaninchen, das zurückkehrte
是白兔回来了
Er war prächtig gekleidet
他穿着华丽
Er hatte ein Paar weiße Handschuhe in der einen Hand
他一只手拿着一双白手套
Und in der anderen Hand hatte er einen großen Federfächer
他的另一只手里拿着一把大羽扇
Er kam in großer Eile dahergetrabt
他匆匆忙忙地小跑着来
und er murmelte vor sich hin: »Ach! die Herzogin, die Herzogin!«
他喃喃自语道："哦！公爵夫人，公爵夫人！
»Ach! wird sie nicht wild sein, wenn ich sie habe warten lassen?«
"哦！如果我让她久等，她岂不是很野蛮吗？

Als das Kaninchen in ihre Nähe kam, sprach Alice
当兔子走近她时，爱丽丝开口了
aber sie sprach mit leiser, schüchterner Stimme
但她用低沉而胆怯的声音说话
"Sir, bitte hören Sie für einen Moment auf, was Sie tun"
"先生，请暂时停止您正在做的事情"
Das Kaninchen erschrak heftig
兔子猛地吓了一跳
Er ließ die weißen Handschuhe und den Federfächer fallen
他丢下了白手套和羽毛扇
und er eilte fort in die Dunkelheit, so schnell er konnte
他以最快的速度跑进了黑暗中
Alice hob den Federfächer und die Handschuhe auf
爱丽丝拿起羽毛扇和手套
Und sie fächelte sich immer wieder Luft zu, während sie
sprach
她一边说话一边不停地给自己扇风
»Liebes, liebes Kind! Wie seltsam ist das alles heute!"
"亲爱的，亲爱的！今天的一切都多么奇怪啊！

"Gestern ging es weiter wie bisher"

“昨天一切照常进行”

"War ich heute Morgen noch so, als ich aufgestanden bin?"

“我今天早上起床时还是一样吗？”

"Aber wenn ich nicht mehr derselbe bin, dann ist das eine andere Frage"

“但是如果我不一样，还有另一个问题”

"Wer in aller Welt bin ich?"

“我到底是谁？”

"Ah, das ist das große Rätsel!"

“啊，这真是个大谜题！”

Während sie das sagte, blickte sie auf ihre Hände hinunter

“说这话时，她低头看着自己的手

Sie trug einen der kleinen weißen Handschuhe des Kaninchens

她戴着一只兔子的小白手套

Sie hatte nicht bemerkt, dass sie den Handschuh angezogen hatte, während sie sprach

她没有注意到她在说话时戴上了手套

"Wie konnte ich das machen?" dachte sie

“我怎么能那样做呢？”

"Ich muss wieder klein werden"

“我一定又长大了”

Sie stand auf und ging zum Tisch, um ihre Größe zu messen

她站起来，走到桌子前测量自己的身高

Sie stellte fest, dass sie jetzt etwa einen halben Meter groß war

她发现自己现在已经有半米左右高了

und sie schrumpfte immer noch schnell

她还在迅速地缩小

Bald fand sie heraus, was die Ursache für das Schrumpfen war

她很快就发现了缩小的原因

Der Federfächer machte sie wieder kleiner!

羽扇又把她弄小了！
Und sie ließ hastig den Federfächer fallen
她匆匆放下了羽扇
Sie ließ den Federfächer gerade noch rechtzeitig fallen, um sich zu retten
她及时放下了羽扇，救了自己
Hätte sie sich noch länger Luft zugefächelt, wäre sie völlig zusammengeschrumpft
如果她再给自己扇风，她就会完全缩起来
»Das war ein knappes Entkommen!« sagte Alice
"那真是一次险些逃脱！"
und sie erschrak sehr über die plötzliche Veränderung
她对这突如其来的变化感到非常害怕
aber sie war sehr froh, daß sie noch da war
但她很高兴发现自己还活着
"Und jetzt ab in den Garten!"
"现在，去花园吧！"
Und sie lief mit aller Geschwindigkeit zurück zu der kleinen Tür
"她飞快地跑回那扇小门
Aber ach! Das Türchen wurde wieder geschlossen
但是，唉！小门又关上了
Und das goldene Schlüsselchen lag wieder auf dem Glastisch
小金钥匙又躺在玻璃桌上
"Es ist schlimmer als je!" dachte das arme Kind
"情况比以前更糟了，"这个可怜的孩子想
"So klein war ich noch nie, niemals!"
"我以前从来没有这么小过，从来没有！"
Bei diesen Worten rutschte ihr Fuß aus
当她说这些话时，她的脚滑了一下
Und im nächsten Augenblick gab es ein großes Plätschern!
又过了一会儿，一阵巨大的水花飞溅起来！
Sie stand bis zum Kinn im Salzwasser

她在盐水中一直到下巴

Ihre erste Idee war, dass sie irgendwie ins Meer gefallen war

她的第一个想法是她不知怎么掉进了海里

Sie erkannte jedoch bald, worin sie sich befand

然而，她很快就意识到了自己的处境

Sie war in einer Tränenlache

她泪流满面

die Tränen, die sie geweint hatte, als sie zwei Meter groß war

她在两米高时流下的眼泪

In diesem Augenblick hörte sie etwas

就在这时，她听到了什么

Etwas plätscherte im Pool herum

有什么东西在池子里飞溅

Das Plätschern kam aus einiger Entfernung

飞溅的声音来自不远的地方

und sie schwamm näher, um zu sehen, was das Plätschern war

她游近了，想看看溅起的水花是什么

Bald sah sie, dass es nur eine kleine Maus war
她很快就发现那只是一只小老鼠
Auch die kleine Maus war ins Wasser geschlüpft
小老鼠也滑进了水里
Alice dachte bei sich über die Situation nach
爱丽丝心里想着当时的情况
"Würde es etwas nützen, mit dieser Maus zu sprechen?"
"跟这只老鼠说话有什么用吗？"
"Hier unten steht alles auf dem Kopf"
"这里的一切都是如此颠倒"
"Ich denke, es ist sehr wahrscheinlich, dass diese Maus sprechen kann."
"我觉得这只老鼠很可能会说话"
"Es schadet jedenfalls nicht, es zu versuchen"
"无论如何，尝试一下也没什么坏处"
Also begann sie zu versuchen, mit der Maus zu sprechen
所以她开始尝试与老鼠交谈
"Oh Maus, kennst du den Weg aus diesem Pool?"
"哦，老鼠，你知道这个池子的出路吗？"
"Ich bin es leid, hier herumzuschwimmen, oh Maus!"
"我在这里游来游去已经很累了，哦，老鼠！"
Die Maus schaute sie ziemlich neugierig an
老鼠好奇地看着她
Die Maus schien mit einem ihrer kleinen Augen zu blinzeln
老鼠似乎用它的一只小眼睛眨了眨眼
Aber die kleine Maus sagte nichts
可是小老鼠什么也没说
"Vielleicht versteht die Maus kein Englisch!" dachte Alice
"也许老鼠不懂英语，"爱丽丝想
"Ich wage zu behaupten, es ist eine französische Maus"
"我敢说这是一只法国老鼠"
"Vielleicht kam diese Maus mit Wilhelm dem Eroberer herüber"
"也许这只老鼠是和征服者威廉一起过来的。"

Also fing sie wieder an, auf Französisch
于是她又用法语开始了
"Wo ist meine Katze?", fragte sie auf Französisch
她用法语问道："我的猫在哪里？
es war der erste Satz in ihrem französischen Unterrichtsbuch
这是她法语课本上的第一句话
Die Maus machte einen plötzlichen Sprung aus dem Wasser
老鼠突然从水里跳了出来
Und die Maus schien am ganzen Leibe vor Schreck zu zittern
老鼠似乎吓得浑身颤抖
"Oh, ich bitte um Verzeihung!" rief Alice hastig
"噢，我求你原谅！"
Sie fürchtete, sie habe die Gefühle des armen Tieres verletzt
她害怕自己伤害了这只可怜的动物的感情
"Ich habe ganz vergessen, dass du keine Katzen magst"
"我真忘了你不喜欢猫"
"Ich mag keine Katzen!" rief die Maus mit schriller, leidenschaftlicher Stimme
"我不喜欢猫！"老鼠用尖锐而热情的声音喊道
"Hättest du gerne Katzen, wenn du ich wärst?"
"如果你是我，你想要猫吗？"
Alice tröstete die Maus in einem beruhigenden Ton
爱丽丝用安抚的语气安慰老鼠
"Naja, vielleicht würde ich an deiner Stelle auch keine Katzen mögen"
"嗯，如果我是你，也许我也不喜欢猫"
"Bitte ärgern Sie sich nicht über die Erwähnung von Katzen"
"请不要因为提到猫而生气"
"Und doch wünschte ich, ich könnte dir unsere Katze Dina zeigen"
"但我希望我能带你看看我们的猫黛娜"
"Wenn du sie treffen würdest, würdest du wohl Gefallen an Katzen finden"

"如果你遇见她，我想你会喜欢猫"
"Wenn du sie nur sehen könntest"
"如果你能看到她就好了"
"Sie ist so ein liebes, stilles Ding"
"她是个如此可爱、安静的东西"
Die Maus zitterte am ganzen Körper
老鼠浑身颤抖
Alice war sich sicher, dass die Maus wirklich beleidigt sein musste
爱丽丝确信这只老鼠一定是真的被冒犯了
"Wir reden nicht mehr über sie, wenn du lieber nicht willst"
"如果你愿意的话，我们不会再谈论她了"
"Wir, allerdings!" rief die Maus
"我们，真的！"
Die Maus zitterte bis zum Ende ihres Schwanzes
老鼠颤抖着，一直到尾巴的末端
»Als ob ich über so ein Thema reden würde!«
"好像我会谈论这样的话题一样！"
"Unsere Familie hat Katzen schon immer gehasst"
"我们家一直都讨厌猫"
"Katzen; Gemeine, niedrige, gemeine Dinger!"
"猫;、低级、粗俗的东西！
"Laß mich den Namen nicht noch einmal hören!"
"别让我再听到这个名字！"
"Katzen will ich ja nicht mehr erwähnen!" sagte Alice
"我真的不会再提猫了！"
Sie hatte es sehr eilig, das Thema zu wechseln
她急着要转移话题
"Bist du... Lieben Sie Hunde?«
"你是……你喜欢狗吗？
"Es gibt so einen netten kleinen Hund in der Nähe unseres Hauses."
"我们家附近有一只这么漂亮的小狗，"

"Ich möchte dir den kleinen Hund zeigen!"
"我想带你看看那只小狗！"
"Dieser kleine Hund tötet alle Ratten und...
"这只小狗杀死了所有的老鼠，然后……
»O je!« rief Alice in traurigem Tone
"噢，亲爱的！"爱丽丝用悲哀的语气叫道
»Ich fürchte, ich habe dich schon wieder beleidigt!«
"恐怕又得罪你了！"
Die Maus schwamm so schnell sie konnte von ihr weg
老鼠以最快的速度从她身边游走
Und die Maus machte einen ziemlichen Aufruhr im Tümpel
老鼠在池子里引起了不小的骚动
Da rief sie leise der Maus nach
于是她轻声地追着老鼠叫了一声
"Meine liebe Maus, komm bitte zurück!"
"我亲爱的老鼠，请回来！"
"Und wir werden nicht über Katzen sprechen"
"我们不会谈论猫"
"Und über Hunde müssen wir auch nicht reden"
"我们也不必谈论狗"
Als die Maus das hörte, drehte sie sich um
老鼠听到这话，转过身来
Und die kleine Maus schwamm langsam zu ihr zurück
小老鼠慢慢地游回她身边
Das Gesicht der Maus war ganz blaß
老鼠的脸色很苍白
Und die Maus sprach mit leiser, zitternder Stimme
老鼠用低沉、颤抖的声音说话
"Lasst uns ans Ufer gehen"
"我们到岸边去"
"Und dann erzähle ich dir meine Geschichte"
"然后我会告诉你我的历史"
"Und du wirst verstehen, warum ich Katzen und Hunde
hasse"

"你就会明白为什么我讨厌猫和狗了"

Es war höchste Zeit zu gehen

现在是该走的时候了

weil der Pool ziemlich voll wurde

因为游泳池变得非常拥挤

Andere Vögel und Tiere waren in den Pool gefallen

其他鸟类和动物也掉进了水池里

es gab eine Ente und einen Dodo

有一只鸭子和一只渡渡鸟

und da waren ein Lory-Vogel und ein Adler

还有一只 Lory 鸟和一只 Eaglet

und es gab noch einige andere interessant aussehende
Kreaturen

还有其他几个看起来很有趣的生物

Alice führte den Weg aus dem Pool

爱丽丝带路走出了游泳池

und die ganze Gesellschaft der Tiere schwamm ans Ufer

于是，一队动物都游到了岸边

Ein Caucus-Rennen und ein langer Schwanz
预选会议和长尾巴

Es waren in der Tat ein lustig aussehender Haufen Tiere
他们确实是一群看起来很滑稽的动物
und sie versammelten sich alle am Ufer des Wassers
他们都聚集在水岸上
die Vögel hatten alle zerzauste Federn
鸟儿的羽毛都破烂不堪
und die pelzigen Tiere waren durchnässt
毛茸茸的动物被浸透了
und alle waren triefend nass, genervt und unwohl
所有人都湿漉漉的，恼火和不舒服

Es gab eine Frage, die zuerst beantwortet werden musste
首先必须回答一个问题
Was ist der beste Weg für alle, um trocken zu werden?
大家擦干的最佳方式是什么？
Sie hatten eine Konsultation zu diesem Thema
他们就此事进行了磋商
Bald waren sie alle auf vertrautem Einvernehmen

很快他们就熟悉了

Es war, als ob sie sie ihr ganzes Leben lang gekannt hätte

就好像她一辈子都认识他们一样

Die Maus schien eine Person mit einer gewissen Autorität zu sein

老鼠似乎是一个有权威的人

"Setzt euch, ihr alle, und hört mir zu!

"你们都坐下，听我说！

"Ich werde euch bald wieder alle trocken machen!"

"我很快就会让你们都干的！"

Sie setzten sich alle auf einmal in einem großen Ring nieder

他们同时围成一圈坐下

Und die kleine Maus saß in der Mitte

小老鼠坐在中间

"Ähm!" sagte die Maus mit einer wichtigen Miene

"咳咳！"

"Seid ihr bereit?"

"你们都准备好了吗？"

"Das ist das Trockenste, was ich kenne"

"这是我所知道的最干燥的事情"

»Schweigen Sie ringsum, wenn Sie wollen!«

"如果你愿意的话，周围安静！"

"Wilhelm der Eroberer wurde vom Papst begünstigt"

"征服者威廉受到教皇的青睐"

"aber er wurde bald von den Engländern unterworfen"

"但他很快就被英国人臣服了"

"Sie wollten in letzter Zeit Führer"

"他们想要最近的领导人"

"Und sie waren an Macht und Eroberung gewöhnt"

"他们已经习惯了权力和征服"

"Edwin und Morcar, die Grafen von Mercia und Northumbria"

"埃德温和莫尔卡，麦西亚伯爵和诺森比亚伯爵"

»Pfui!« sagte der Lori-Vogel mit einem Schauer
"呃，"那只萝莉鸟说，打了个寒颤
"und sogar Stigand, der patriotische Erzbischof von Canterbury"
"甚至还有爱国的坎特伯雷大主教斯蒂甘德"
"Er fand es auch ratsam"
"他也觉得这是可取的"
"Was hielt er für ratsam?" fragte die Ente
"他觉得什么好呢？"
"Er fand es ratsam", antwortete die Maus ziemlich verärgert
"他觉得这是可取的，"老鼠相当生气地回答
aber die Ente war nicht zufrieden
但鸭子并不满意
"Natürlich weißt du, was 'es' bedeutet"
"当然，你知道'它'是什么意思"
"Ich weiß, was es ist, wenn ich etwas finde," sagte die Ente
"当我找到一个东西时，我就知道'它'是什么，"鸭子说
"Es ist in der Regel ein Frosch oder ein Wurm"
"它通常是青蛙或蠕虫"
"Die Frage ist, was hat der Erzbischof gefunden?"
"问题是，大主教发现了什么？"
Die Maus bemerkte diese Frage nicht
鼠标没有注意到这个问题
Stattdessen fuhr die Maus hastig mit der Rede fort
相反，老鼠匆匆忙忙地继续演讲
"Er fand es ratsam, mit Edgar Atheling zu gehen"
"他觉得和埃德加·阿瑟林一起去是明智的。"
"um William zu treffen und ihm die Krone anzubieten"
"去见威廉，把王冠献给他"
fuhr die Maus fort und wandte sich dabei an Alice
老鼠继续说着，一边转向爱丽丝
»Wie geht es dir jetzt, meine Liebe?«

"你现在怎么样了，亲爱的？"

»So naß wie immer,« sagte Alice in melancholischem Tone

"一如既往地湿漉漉的，"爱丽丝用忧郁的语气说

"Diese Geschichte scheint mich überhaupt nicht auszutrocknen"

"这个故事似乎一点也不让我感到干燥"

»In diesem Falle,« sagte der Dodo feierlich und erhob sich

"既然如此，"渡渡鸟严肃地说，站了起来

"Ich stimme dafür, dass die Sitzung vertagt wird"

"我投票决定休会"

"und ich schlage vor, sofort energischere Heilmittel zu ergreifen"

"我建议立即采用更有力的补救措施"

"Sprich wahre Worte!" sagte der Adler

"说真话！"

"Ich weiß nicht, was die Hälfte dieser langen Worte bedeutet"

"我不知道那些长词的一半是什么意思"

»und außerdem glaube ich nicht, daß Sie es wissen!«

"而且，我不相信你也知道！"

»Was ich sagen wollte«, sagte der Dodo in beleidigtem Ton

"我本来想说的，"渡渡鸟用一种被冒犯的语气说

"Das Beste, was uns trocken kriegt, wäre ein Caucus-Rennen"

"让我们干涸的最好办法是预选会议"

»Was ist ein Caucus-Rennen?« fragte Alice

"什么是预选会议？"

"Nun", sagte der Dodo, "der beste Weg, es zu erklären, ist, es zu tun."

"嗯，"渡渡鸟说，"最好的解释方式就是去做。

"Zuerst steckte der Dodo eine Rennbahn ab"

"首先，渡渡鸟划定了一个赛马路线"

"Die Strecke verlief in einer Art Kreis"

"轨道在某种圆圈中"

"Und dann wurde die ganze Gesellschaft entlang der Strecke platziert"

"然后所有的队伍都沿着路线布置。"

Es gab kein "Eins, zwei, drei und weg!"

没有"一、二、三和远！

aber sie fingen an zu rennen, wann sie wollten

但他们想跑就跑

Und sie beendeten auch, wenn sie wollten

他们也想什么时候结束就结束

Es war also nicht einfach zu wissen, wann das Rennen vorbei war

因此，要知道比赛何时结束并不容易

Nach etwa einer halben Stunde Laufen waren sie alle ziemlich trocken

跑了半个小时左右后，他们都已经干了

der Dodo rief plötzlich: "Das Rennen ist vorbei!"
渡渡鸟突然喊道：“比赛结束了！
Und sie drängten sich alle um den Dodo
他们都挤在渡渡鸟周围
Alle Tiere hechelten und schnauften
所有的动物都在喘气和喘气
und sie alle wollten wissen: "Aber wer hat gewonnen?"
他们都想知道，“但谁赢了？
Diese Frage konnte der Dodo nicht sofort beantworten
这个问题渡渡鸟无法立即回答
Zuerst musste er sehr viel nachdenken
首先，他必须做大量的思考
Nach langem Nachdenken sprach der Dodo schließlich
经过深思熟虑，渡渡鸟终于开口了
"Jeder hat gewonnen, und jeder muss Preise haben"
“每个人都赢了，而且所有人都必须有奖品”
»Aber wer soll die Preise geben?« fragte ein Chor von Stimmen
“可是，谁来颁奖呢？”
"Nun, sie natürlich", sagte der Dodo
“嗯，她，当然，”渡渡鸟说
und der Dodo deutete mit einem Finger auf Alice
渡渡鸟用一根手指指向爱丽丝
und die ganze Gesellschaft von Tieren drängte sich um sie
还有一大群动物都挤在她周围
sie riefen verwirrt: »Preise! Preise!"
他们困惑地喊道：“奖品！奖品！
Alice hatte keine Ahnung, was sie tun sollte
爱丽丝不知道该怎么办
Verzweifelt steckte sie die Hand in die Tasche
绝望中，她把手伸进口袋里
Und sie zog eine Schachtel mit Süßigkeiten hervor
她拿出一盒糖果
Glücklicherweise war das Salzwasser nicht in den Kasten

gelangt

幸运的是，盐水没有进入箱子

Und sie reichte die Süßigkeiten als Preise herum

她把糖果当奖品递给大家

Es gab genau ein Stück für jeden

每个人都有一件

Das nächste, was sie tun mussten, war, die Süßigkeiten zu essen

他们接下来要做的是吃糖果

Dies verursachte einige Geräusche und Verwirrung

这引起了一些噪音和混乱

Die großen Vögel klagten, dass sie ihre Süßigkeiten nicht schmecken konnten

大鸟抱怨它们尝不到自己的甜食

Die Kleinen verschluckten sich und mussten auf den Rücken geklopft werden

小的呛住了，不得不拍拍背

Doch dann war es endlich vorbei

然而，它终于结束了

Und sie setzten sich wieder in einem Ring nieder

他们又围成一圈坐下

Und sie flehten die Maus an, ihnen noch etwas zu erzählen

他们恳求老鼠再告诉他们一些事情

»Du hast versprochen, mir deine Geschichte zu erzählen, weißt du,« sagte Alice

"你知道的，你答应过要把你的经历告诉我，"爱丽丝说

und sie machte noch eine kleine Bemerkung über Katzen im Flüsterton

她又悄悄地说了一句关于猫的事

Sie wollte die Maus nicht noch einmal beleidigen

她不想再得罪老鼠了

die kleine Maus drehte sich zu Alice um und seufzte

小老鼠转向爱丽丝，叹了口气

"Meine Geschichte ist lang und traurig!"

“我的是一个漫长而悲伤的故事！”

»Es ist gewiß ein langer Schwanz,« sagte Alice

“当然是一条长尾巴，”爱丽丝说

Und sie blickte verwundert auf den Schwanz der Maus hinunter

她惊奇地低头看着老鼠的尾巴

"Aber warum nennst du es einen traurigen Schwanz?"

“可是你为什么叫它悲伤的尾巴呢？”

Und sie rätselte unaufhörlich, während die Maus sprach

当老鼠说话时，她一直在困惑

so daß ihre Vorstellung von der Geschichte ungefähr so aussah

所以她对这个故事的想法是这样的

```
              "Fury said to
              a mouse, That
                he met in the
                    house, 'Let
                      us both go
                        to law: I
                        will prosecute
                      you.——
                          Come, I'll
                        take no denial:
                      We must have
                    the trial;
                  For really
                this morning
              I've
              nothing
              to do.'
                Said the
                  mouse to
                    the cur,
                      'Such a
                        trial, dear
                          sir, With
                            no jury
                              or judge,
                              would
                              be wasting
                              our
                          breath.'
                        'I'll be
                      judge,
                    I'll be
                  jury,'
                said
              cunning
                old
                  Fury;
                    'I'll
                      try
                        the
                          whole
                            cause,
                            and
                            condemn
                          you to
              death.'"
```

Fury sagte zu einer Maus, die er im Haus getroffen hat."

弗瑞对一只老鼠说，他在房子里遇见了。

Lasst uns beide vor Gericht gehen: Ich werde euch anklagen

让我们俩都去打官司：我会起诉你

Kommen Sie, ich leugne es nicht: Wir müssen den Prozeß haben

来吧，我不会否认：我们必须接受审判

Denn heute morgen habe ich wirklich nichts zu tun

因为今天早上我真的无事可做

Sagte die Maus zum Pfarrer;

老鼠对着诅咒说；

Ein solcher Prozeß, lieber Herr, ohne Geschworene und Richter, würde uns den Atem rauben

这样的审判，亲爱的先生，没有陪审团或法官，简直是浪费我们的呼吸

»Ich werde Richter sein, ich werde Geschworener sein«, sagte der schlaue alte Fury

"我来当法官，我来当陪审团，"狡猾的老弗瑞说

Ich werde die ganze Sache prüfen und dich zum Tode verurteilen

我要把整个案子都试一遍，把你判死刑

die Maus sprach streng zu Alice

老鼠对爱丽丝严厉地说话

"Du passt nicht auf!"

"你没注意！"

"Woran denkst du?"

"你在想什么？"

»Ich bitte um Verzeihung,« sagte Alice sehr demütig

"请原谅，"爱丽丝非常谦虚地说

»Sie waren in der fünften Kurve angelangt, glaube ich?«

"我想你已经到了第五个弯道吧？"

"Du beleidigst mich, indem du so einen Unsinn redest!"

"你说这种废话，侮辱我！"

Und die Maus stand auf und ging weg

老鼠起身走开了
Alice rief der kleinen Maus hinterher
爱丽丝在小老鼠后面喊道
"Bitte komm zurück und beende deine Geschichte!"
"请回来把你的故事讲完！"
Und die andern stimmten alle in den Chor ein
其他人也都加入了合唱
"Ja, bitte beenden Sie Ihre Geschichte!"
"是的，请把你的故事讲完！"
Aber die Maus schüttelte nur ungeduldig den Kopf
但老鼠只是不耐烦地摇了摇头
Und die kleine Maus ging ein wenig schneller
小老鼠走得更快了
"Ich wünschte, ich hätte Dinah, unsere Katze, hier!" sagte Alice
"我真希望我们的猫黛娜在这里！"
Dies erregte in der Partei ein bemerkenswertes Aufsehen
这在党内引起了非凡的轰动
Einige der Vögel eilten sofort davon
一些鸟儿立刻匆匆走了
und ein Kanarienvogel rief mit zitternder Stimme seinen Kindern zu;
一只金丝雀用颤抖的声音向它的孩子们喊道；
»Kommt fort, meine Lieben!«
"走开，亲爱的！"
"Es ist höchste Zeit, dass ihr alle im Bett seid!"
"你们都该躺在床上了！"
Mit verschiedenen Ausreden gingen sie alle weg
他们找了各种借口都走了
und Alice war bald allein
爱丽丝很快就独自一人
"Ich wünschte, ich hätte Dina nicht erwähnt!"
"我真希望我没有提到黛娜！"
"Niemand scheint sie hier unten zu mögen"

"这里似乎没有人喜欢她"

"Aber ich bin mir sicher, dass sie die beste Katze von der Welt ist!"

"但我敢肯定她是世界上最好的猫！"

Die arme Alice fing wieder an zu weinen

可怜的爱丽丝又开始哭泣了

weil sie sich sehr einsam und niedergeschlagen fühlte

因为她感到非常孤独和低落

Nach einer Weile aber hörte sie wieder etwas

然而，过了一会儿，她又听到了什么

ein leises Getrappel von Schritten in der Ferne

远处传来轻微的脚步声

und sie blickte eifrig auf

她急切地抬起头来

Der Hase schickt den kleinen Mr. Bill herein
兔子送来了小比尔先生

Es war das weiße Kaninchen, das langsam wieder zurücktrabte
是那只白兔，又慢慢地小跑回来了
Er sah sich ängstlich um, während er ging
他一边走一边焦急地四处张望
Er sah aus, als hätte er etwas verloren
他看起来好像丢了什么东西
Alice hörte, wie er vor sich hin murmelte
爱丽丝听见他喃喃自语
»Die Herzogin! Die Herzogin! Oh, meine lieben Pfoten!"
"公爵夫人！公爵夫人！哦，我亲爱的爪子！
"Oh, mein Fell und meine Schnurrhaare!"
"哦，我的皮毛和胡须！"
"Sie wird mich hinrichten lassen, da bin ich mir sicher"
"她会把我处死的，我很确定"
"Genauso sicher, wie Frettchen Frettchen sind!"

"就像雪貂就是雪貂一样！"
"Wo kann ich meine Sachen abgestellt haben, frage ich mich?"
"我想知道，我能把我的东西丢在哪里？"
Alice erriet in einem Augenblick, was er suchte
爱丽丝瞬间猜到了他在找什么
Er war auf der Suche nach dem Federfächer
他在找羽扇
Und er suchte nach dem Paar weißer Handschuhe
他正在寻找那双白手套
So machte sie sich sehr gutmütig auf die Suche nach den Handschuhen
所以她非常善良地开始寻找手套
Und sie suchte auch nach dem Federfächer
她也找了羽扇
Aber die Handschuhe und der Federfächer waren nirgends zu sehen
但手套和羽扇却无处可寻
Alles schien sich verändert zu haben, seit sie im Pool geschwommen war
自从她在游泳池里游泳以来，一切似乎都发生了变化
Nichts war mehr so, wie es war, seit sie in der Großen Halle gewesen war
自从她在大厅里以来，一切都不一样了
und der Glastisch war verschwunden
玻璃桌也不见了
Und die kleine Tür war auch nicht da
而且那扇小门也不在那里
Sehr bald bemerkte das Kaninchen Alice
很快，兔子就注意到了爱丽丝
rief er ihr in zornigem Ton zu
他用愤怒的语气呼唤她
"Mary Ann, was machst du hier draußen?"
"Mary Ann，你在这儿做什么？"

"Lauf in diesem Moment nach Hause"
"这一刻跑回家"
"Und hol mir ein Paar Handschuhe und einen Federfächer!"
"给我拿一双手套和一把羽扇来！"
"Und beeil dich!"
"而且要快点！"
Alice sprach mit sich selbst, als sie davonrannte
爱丽丝一边跑一边自言自语
"Er muss mich für sein Hausmädchen gehalten haben!"
"他一定把我误认为是他的女仆了！"
"Wie überrascht wird er sein, wenn er herausfindet, wer ich bin!"
"当他发现我是谁时，他会多么惊讶啊！"
Während sie dies sagte, stieß sie auf ein hübsches Häuschen
"说这话的时候，她来到了一座整洁的小房子里
An der Tür des Hauses hing eine helle Messingplatte
房子的门上挂着一块亮丽的铜牌
"W. HASE"
"W. 兔"
Sie trat ein, ohne an die Tür zu klopfen
她没有敲门就进去了
und sie eilte geradewegs die Treppe hinauf
她急忙径直上楼
sie machte sich Sorgen, dass sie die echte Mary Ann treffen könnte
她担心自己可能会遇到真正的玛丽安
denn dann würde sie aus dem Haus gejagt werden
因为那样她就会被赶出家门
Und sie würde den Federfächer und die Handschuhe nicht finden können
而且她找不到羽扇和手套
Alice hatte den Weg in ein aufgeräumtes Kämmerlein gefunden
爱丽丝走进了一个整洁的小房间

Im Zimmer stand ein Tisch am Fenster
房间里靠窗有一张桌子
und auf dem Tisch stand ein Federfächer
桌子上放着一把羽毛扇
Und da waren zwei oder drei Paar winzige weiße
Handschuhe
还有两三双小白手套
Sie hob den Federfächer und ein Paar Handschuhe auf
她拿起了羽扇和一双手套
und sie war eben im Begriff, das Zimmer zu verlassen
她正要离开房间
Aber dann fiel ihr Blick auf ein Fläschchen
但随后她的目光落在了一个小瓶子上
Sie entkorkte die Flasche und führte sie an ihre Lippen
她打开瓶子的瓶塞，把它放在嘴唇上
"Ich hoffe, dass ich dadurch wieder groß werde"
“我真心希望它能让我再次长大”
"Ich bin es leid, so ein winziges Ding zu sein!"
“我受够了做这么小东西！”
Alice hatte kaum die halbe Flasche getrunken
爱丽丝几乎没喝完半瓶
Ihr Kopf drückte bereits gegen die Decke
她的头已经压在天花板上
und sie musste sich bücken
她不得不弯下腰
um ihr das Genick vor dem Genickbruch zu bewahren
为了不让她的脖子被折断
Hastig stellte sie die Flasche ab
她匆匆放下了瓶子
"Das reicht"
“这就够了”
"Ich hoffe, ich wachse nicht mehr"
“我希望我不要再长大了”
Leider! Es war zu spät, das zu wünschen!

唉！希望那已经太晚了！

Sie wuchs und wuchs weiter

她不断成长

und sehr bald musste sie sich auf den Boden knien

很快她就不得不跪在地板上

und selbst dann wuchs sie weiter

即便如此，她还是继续成长

Als letztes Mittel streckte sie einen Arm aus dem Fenster

作为最后的资源，她把一只手臂伸出窗外

und sie setzte einen Fuß auf den Schornstein

她把一只脚伸进烟囱里

"Jetzt kann ich nicht mehr, was auch immer passiert"

"现在我不能再做任何事情了，无论发生什么"

»Was wird aus mir?«

"我会变成什么样子？"

Alice hatte Glück

爱丽丝有一点运气

Das kleine Zauberfläschchen hatte seine volle Wirkung entfaltet

小魔术瓶已经发挥了它的全部作用

und Alice wurde nicht größer, als sie war

爱丽丝并没有长得比她大

Nach ein paar Minuten hörte sie draußen eine Stimme

几分钟后，她听到外面有声音

Und sie blieb stehen, um der Stimme zu lauschen

她停下来听那声音

»Mary Ann! Mary Ann!« sagte die Stimme

"玛丽·安！玛丽安！

"Hol mir gleich meine Handschuhe!"

"马上把我的手套拿来！"

Dann ertönte ein leises Getrappel von Füßen auf der Treppe

然后，楼梯上传来了一阵轻微的脚步声

Alice wusste, dass es das Kaninchen war, das kam, um sie zu suchen

爱丽丝知道是兔子来找她了

und sie zitterte, bis sie das Haus erschütterte

她战战兢兢，直到震动了房子

Sie vergaß ganz, welche Proportionen sie hatte

她完全忘记了自己的比例是多少

Sie war tausendmal so groß wie das Kaninchen

她比兔子大一千倍

und sie hatte keinen Grund, sich vor einem Kaninchen zu fürchten

她没有理由害怕兔子

Bald kam das Kaninchen an die Tür heran

不一会儿，兔子走到门口

Und das kleine Kaninchen versuchte, die Tür zu öffnen

小兔子试图打开门

Die Tür begann sich nach innen zu öffnen

门开始向内打开
aber Alices Ellbogen wurde hart gegen die Tür gedrückt
但爱丽丝的胳膊肘被狠狠地压在门上
Dieser Versuch erwies sich als Fehlschlag
那次尝试被证明是失败的
Alice hörte, wie das Kaninchen mit sich selbst sprach
爱丽丝听到兔子自言自语
"Dann gehe ich herum und steige durch das Fenster ein"
“那我就绕着走，从窗户进去。”
"Das wirst du nicht!" dachte Alice
“你不会的！”
und sie wartete wieder ein wenig
她又等了一会儿
Bald hörte sie das Kaninchen gerade unter dem Fenster
很快，她就听到了窗下的兔子
Plötzlich streckte sie ihre Hand aus
她突然伸出手
Und sie machte einen Sprung in die Luft
她在空中猛地一把
Sie bekam nichts in die Finger
她什么也没拿
aber sie hörte einen kleinen Schrei und einen Sturz
但她听到了一声尖叫和一阵摔倒
und sie hörte ein Krachen von zerbrochenem Glas
她听到了玻璃碎裂的撞击声
Vielleicht war das Kaninchen gefallen
也许兔子掉下来了
Vielleicht war er in einem Gewächshaus
也许他在温室里
Dann ertönte eine zornige Stimme; Die Stimme des Kaninchens
接着传来一个愤怒的声音;兔子的声音
"Pat, wo bist du?"
“Pat，你在哪儿？”

Und dann ertönte eine Stimme, die sie noch nie zuvor gehört hatte
然后传来了一个她从未听过的声音
"Euer Ehren, ich bin hier!"
“大人，我在这里！”
"Ich grabe nach Äpfeln"
“我在挖苹果”
»Hier! Komm und hilf mir da raus!"
“来！快来帮我走吧！
»Nun sag mir, Pat, was ist das da im Fenster?«
“现在告诉我，帕特，窗户里有什么？”
"Sicher, Euer Ehren, ich werde es Ihnen sagen"
“好的，大人，我会告诉你的。”
"Das ist ein Arm, der im Fenster steckt!"
“这是一只在窗户里的手臂！”
"Na ja, da hat ein Arm nichts zu suchen"
“嗯，一只手臂在那里没什么用”
"Geh und nimm den Arm weg!"
“去把那条胳膊拿走！”
Hierauf trat ein langes Schweigen ein
之后是长时间的沉默
und Alice konnte nur ab und zu ein Flüstern hören
爱丽丝只能时不时地听到耳语
und endlich streckte sie die Hand wieder aus
最后，她又伸出了手
Und sie machte einen weiteren Sprung in die Luft
她又在空中抓了一下
Diesmal gab es zwei kleine Schreie
这一次传来了两声小小的尖叫
und es gab noch mehr Geräusche von zerbrochenem Glas
玻璃破碎的声音越来越大
"Ich möchte wohl wissen, was sie nun tun werden!" dachte Alice
“我想知道他们接下来要做什么！”

"Ich wünschte, sie würden mich aus dem Fenster ziehen"
"我希望他们能把我拉出窗外"
Sie wartete eine Weile
她等了一会儿
aber eine Weile hörte sie nichts mehr
但有一阵子，她什么也没听到
Endlich ertönte das Rumpeln kleiner Rädchen
最后，传来了小轮子的隆隆声
Und da ertönten viele Stimmen
这时传来了许多声音
Alle Stimmen sprachen miteinander
所有的声音都在一起说话
Sie konnte einige der Worte verstehen
她能听清一些字
"Wo ist die andere Leiter?"
"另一个梯子呢？"
"Bill hat die andere Leiter"
"比尔有另一个梯子"
"Bill, komm her!"
"比尔，过来！"
"Wird das Dach die Last tragen?"
"屋顶能承受负载吗？"
"Wer will schon den Schornstein hinuntergehen?"
"谁想从烟囱里下去？"
»Nein, das werde ich nicht! Du machst es!"
"不，我不会的！你来做吧！
»Hier, Bill!«
"来，比尔！"
"Der Meister sagt, du musst in den Schornstein hinunter!"
"主人说你得从烟囱下去！"
Alice zog ihren Fuß so weit den Schornstein hinab, wie sie konnte
爱丽丝把脚尽可能地伸到烟囱里
Und dann wartete sie, was kommen würde

然后她等着看会发生什么

Sie hörte ein kleines Tier kratzen und krabbeln

她听到一只小动物在抓挠和争吵

Das Tierchen muss sich im Schornstein befinden

小动物一定在烟囱里

dann gab sie einen scharfen Tritt

然后她猛地踢了一脚

Und sie wartete ab, was als nächstes geschehen würde

她等着看接下来会发生什么

Sie hörte einen allgemeinen Chor von Stimmen

她听到了一阵普遍的合唱

"Da geht Bill!", sagten alle

"比尔走了！"

Dann hörte sie allein die Stimme des Kaninchens

然后她听到了兔子独自的声音

"Du an der Hecke, fang ihn!"

"你在树篱边，抓住他！"

Es trat wieder ein Augenblick des Schweigens ein

又是一阵沉默

Und dann gab es wieder ein Stimmengewirr

然后又是一阵混乱的声音

"Halt seinen Kopf hoch, Brandy"

"抬起他的头，白兰地"

"Pass auf, dass du ihn nicht würgst"

"小心不要让他窒息"

"Was ist mit dir passiert?"

"你怎么了？"

Zuletzt kam eine kleine, schwache, quietschende Stimme

最后传来一个有点微弱、吱吱作响的声音

"Nun, ich weiß es kaum mehr"

"嗯，我几乎不知道更多了"

"Danke euch allen, mir geht es jetzt besser"

"谢谢大家，我现在好多了"

"Es gibt eine Sache, an die ich mich erinnern kann"

"有一件事我能记住"

"Irgendetwas kommt auf mich zu wie ein Zug im Tunnel"

"有什么东西像隧道里的火车一样向我袭来"

"Und ich fliege hoch wie eine Rakete!"

"我像火箭一样飞起来！"

Es gab ein oder zwei Minuten des Schweigens

一两分钟的沉默

Und dann fingen sie wieder an, sich zu bewegen

然后他们又开始四处走动

und Alice hörte das Kaninchen wieder sprechen

爱丽丝又听到兔子说话了

"Ein Karren voll reicht für den Anfang"

"一开始，一个 barrowful 就可以了"

"Einen Karren voll wovon?" dachte Alice

"什么？" 爱丽丝想

Aber sie wurde nicht lange in Atem gehalten

但她并没有长时间处于悬念中

Ein Regen von kleinen Kieselsteinen drang durch das Fenster

一阵小鹅卵石从窗户里射进来

und einige der kleinen Kieselsteine trafen sie im Gesicht

一些小鹅卵石打在她的脸上

Alice wunderte sich über die kleinen Kieselsteine

爱丽丝对这些小鹅卵石感到惊讶

all die kleinen Kieselsteine verwandelten sich in Kuchen

所有的小鹅卵石都变成了蛋糕

und eine glänzende Idee kam ihr in den Kopf

一个好主意出现在她的脑海中

"Einen von diesen Kuchen sollte ich essen"

"我应该吃其中一个蛋糕"

"Der Kuchen wird sicher etwas an meiner Größe ändern"

"蛋糕肯定会改变我的尺码"

Also schluckte sie einen der Kuchen

所以她吞下了其中一个蛋糕

und sie freute sich, als sie feststellte, dass sie anfing zu schrumpfen
她很高兴地发现自己开始缩小
Bald war sie klein genug, um durch die Tür zu kommen
很快她就小到可以进门了
Sie rannte aus dem Haus
她跑出了房子
Draußen wartete eine Menge kleiner Tiere und Vögel
一群小动物和小鸟在外面等着
alle kleinen Vögel und Tiere stürzten sich auf Alice
所有的小鸟和小动物都向爱丽丝冲来
aber sie rannte davon, so schnell sie konnte
但她以最快的速度跑开了
und bald fand sie sich sicher in einem dichten Walde
很快，她发现自己在一片茂密的树林里很安全
Alice irrte im Walde umher
爱丽丝在树林里徘徊
Und sie dachte bei sich:
她心想：
"Ich weiß, was ich zuerst zu tun habe"
"我知道我首先要做什么"
"erst muss ich wieder auf meine richtige Größe wachsen"
"首先，我必须再次长到合适的尺寸"
"Und dann muss ich den Weg in diesen schönen Garten finden"
"然后我得想办法进那个可爱的花园。"
"Ich glaube, ich sollte irgendetwas essen oder trinken"
"我想我应该吃点东西或喝点什么的"
"Aber die Frage ist, was soll ich essen oder trinken?"
"但问题是我应该吃什么或喝什么？"
Alice blickte sich um und betrachtete die Blumen
爱丽丝环顾四周的花朵
Und sie schaute durch die Grashalme hindurch
她透过草叶向外望去

aber sie konnte nichts zu essen und zu trinken sehen

但她看不到任何可吃的东西或可喝的东西

Nichts sah nach dem Richtigen zum Essen oder Trinken aus

看起来没有什么东西是适合吃或喝的东西

In ihrer Nähe wuchs ein großer Pilz

她附近长着一朵大蘑菇

der Pilz war ungefähr so groß wie Alice

蘑菇的高度与爱丽丝差不多

Sie streckte sich auf den Zehenspitzen auf

她踮起脚尖伸展身体

Und sie guckte über den Rand des Pilzes

她从蘑菇的边缘偷看

Ihre Augen trafen sofort die Augen einer großen blauen Raupe

她的眼睛立即与一只蓝色大毛毛虫的眼睛相遇

Die Raupe saß auf der Spitze des Pilzes

毛毛虫坐在蘑菇的顶部

und die Raupe hatte alle Arme gekreuzt

毛毛虫已经交叉了他的所有手臂

Und er rauchte leise eine lange Wasserpfeife

他静静地抽着一根长长的水烟

und er nahm nicht die geringste Notiz von irgendetwas

他丝毫没有注意到任何事情

und er achtete gewiß nicht auf Alice

他当然没有注意爱丽丝

Ratschläge von einer Raupe
来自毛毛虫的建议

Endlich nahm die Raupe die Shisha aus dem Maul
最后，毛毛虫从嘴里把水烟袋拿了出来
und er redete Alice mit einer trägen, schläfrigen Stimme an
他用一种慵懒、困倦的声音对爱丽丝说
"Wer bist du?" fragte die Raupe
"你是谁？"

Alice antwortete etwas schüchtern: "Ich weiß es kaum, Sir."
爱丽丝相当害羞地回答说："我几乎不知道，先生。
"Gerade im Moment ist alles ein bisschen..."
"只是此刻，一切都有点……"
"Ich weiß, wer ich war, als ich heute Morgen aufgestanden bin."
"我知道我今天早上起床时是谁。"
"aber ich glaube, ich muss mich seitdem mehrmals verändert haben"
"但我想，从那以后我肯定已经变了好几次了。"
"Was meinst du damit?" sagte die Raupe

"你这话是什么意思？"

Streng forderte die Raupe sie auf, sich zu erklären

毛毛虫严厉地要求她解释一下

»Ich kann mich nicht erklären, fürchte ich, Sir«, sagte Alice

"恐怕我自己说不清，先生，"爱丽丝说

"weil ich nicht ich selbst bin"

"因为我不是我自己"

"Du siehst, es ist sehr verwirrend, so viele verschiedene
Größen an einem Tag zu haben"

"你看，一天有这么多不同的尺码是非常令人困惑的"

Sie raffte sich auf und sagte sehr ernst:

她站起来，非常严肃地说：

"Ich denke, du solltest mir zuerst sagen, wer du bist"

"我觉得你应该先告诉我你是谁。"

"Warum?" fragte die Raupe

"为什么？"

Alice fiel kein guter Grund ein

爱丽丝想不出什么好的理由

und die Raupe schien sich in einem sehr unangenehmen
Gemütszustand zu befinden

毛毛虫似乎处于一种非常不愉快的精神状态

also wandte sie sich ab

所以她转身离开了

"Komm zurück!" rief ihr die Raupe nach

毛毛虫在她身后喊道

"Ich habe etwas Wichtiges zu sagen!"

"我有重要的事情要说！"

Alice drehte sich um und kam wieder zurück

爱丽丝转过身来，又回来了

"Behalte die Fassung!" sagte die Raupe

"保持你的脾气，"毛毛虫说

»Ist das alles?« fragte Alice

"就这些吗？"

und sie schluckte ihren Zorn hinunter, so gut sie konnte

她尽可能地压制住了自己的愤怒

"Nein!" sagte die Raupe

"不，"毛毛虫说

Die Raupe breitete ihre Arme aus

毛毛虫张开双臂

Und er nahm die Shisha wieder aus dem Mund

他又把水烟袋从嘴里拿出来

Und er sagte: "Du glaubst also, du bist verändert, oder?"

他说，"所以你觉得你变了，是吗？

»Ich fürchte, ich bin verändert, Sir,« sagte Alice

"恐怕，我变了，先生，"爱丽丝说

"Ich kann mich nicht mehr so an Dinge erinnern, wie ich sie früher in Erinnerung hatte"

"我记不住以前记得的事情了"

"Und ich bleibe nicht länger als zehn Minuten gleich groß!"

"而且我不会保持相同的大小超过十分钟！"

"Wie groß willst du sein?" fragte die Raupe

毛毛虫问道："你想变成什么大小？

»Oh, es ist mir nicht besonders wichtig, wie groß ich bin«, erwiderte Alice hastig

"哦，我不是特别在意我的体型，"爱丽丝急忙回答

"Ich mag es einfach nicht, so oft die Größe zu wechseln, weißt du"

"我就是不喜欢这么频繁地改变尺码，你知道的"

"Ich würde gerne etwas größer sein, Sir"

"我想再大一点，先生"

»wenn es dir nichts ausmacht,« fügte Alice hinzu

"如果你不介意的话，"爱丽丝补充道

"Zehn Zentimeter sind so eine erbärmliche Größe"

"10 厘米真是太可怕了"

"Das ist wirklich eine sehr gute Höhe!" sagte die Raupe ärgerlich

"这确实是一个非常好的高度！"

und er richtete sich auf, während er sprach
他说话的时候站直了身子
Er war genau zehn Zentimeter groß
他正好有十厘米高
In ein oder zwei Minuten war die Raupe vom Pilz heruntergekommen
一两分钟后，毛毛虫从蘑菇上下来了
und er kroch ins Gras
他就爬到草地上去了
Als er sich entfernte, machte er einige kleine Bemerkungen
他走的时候，说了一些小话
"Eine Seite lässt dich größer werden"
"一侧会让你长高"
"Und die andere Seite wird dich kleiner werden lassen"
"另一边会让你长得矮"
"Eine Seite wovon?" dachte Alice bei sich
"一边是什么？" 爱丽丝心想
"Die andere Seite von was?"
"另一边是什么？"
"Die Seite des Pilzes!" sagte die Raupe
"蘑菇的侧面，"毛毛虫说
Es war, als hätte sie ihre Frage laut gestellt
就好像她大声地问了她的问题一样
und im nächsten Augenblick war er außer Sichtweite
再过一会儿，他就消失在视线中了
Alice blieb stehen und betrachtete den Pilz nachdenklich
爱丽丝仍然若有所思地看着蘑菇
Sie versuchte herauszufinden, welche die beiden Seiten des Pilzes waren
她试图弄清楚蘑菇的两面是哪一面
Endlich streckte sie ihre Arme um den Pilz
最后，她伸出双臂搂住了蘑菇
und sie brach ein Stück der Ränder ab
她把边缘掰掉了一点

»Und nun, welche Seite ist welche?« fragte sie sich

"那么现在，哪边是哪边呢？"

und sie knabberte ein wenig von dem Stück der rechten Hand

她啃了一点右手的那块

Im nächsten Augenblick spürte sie einen heftigen Schlag unter ihrem Kinn

下一刻，她感到下巴下方受到了猛烈的打击

Ihr Kinn hatte ihren Fuß getroffen!

她的下巴撞到了她的脚！

Sie war sehr erschrocken über diese sehr plötzliche Veränderung

她被这个非常突然的变化吓坏了

Sie schrumpfte sehr schnell

她缩小得非常快

Also aß sie schnell etwas von dem anderen Stück Pilz

所以她很快就吃掉了另一块蘑菇

Ihr Kinn war sehr eng gegen ihren Fuß gepresst

她的下巴紧紧地压在脚上

Es war kaum Platz, um den Mund aufzumachen

她几乎没有张口的空间

aber schließlich gelang es ihr, den Mund aufzumachen

但她终于设法张开了嘴

und sie schluckte einen Bissen von dem linken Stück

她吞下了一小口左手的

»mein Kopf ist endlich frei!« sagte Alice

"我的头终于被解放出来了！"

Sie blickte an sich herunter

她低头看着自己

aber alles, was sie sehen konnte, war ein ungeheurer Hals

但她只能看到一条巨大的脖子

Ihr Hals schien sich wie ein Stiel zu erheben

她的脖子似乎像一根茎一样高起

Und sie blickte auf ein Meer von grünen Blättern hinab

她俯视着一片绿叶的海洋

"Wo sind meine Schultern geblieben?"

"我的肩膀到哪儿去了？"

»Und ach, meine armen Hände, wie kommt es, daß ich euch nicht sehen kann?«

"哦，我可怜的手，我怎么看不见你呢？"

Aber ihr Hals hatte einen Vorteil

但她的脖子确实有一个好处

Sie konnte ihren Kopf in jede Richtung bewegen

她可以向任何方向移动她的头

Tatsächlich war sie wie eine Schlange

事实上，她就像一条蛇

Sie senkte anmutig ihren Kopf im Zickzack

她优雅地曲折地低下头

Und sie bewegte ihren Kopf durch die Bäume

她把头穿过树林

Aber dann hörte sie ein scharfes Zischen

但随后她听到了一声尖锐的嘶嘶声

Und sie zog schnell den Kopf zurück

她很快就把头往后拉

Eine große Taube war ihr ins Gesicht geflogen

一只大鸽子飞到了她的脸上

und die Taube fuhr mit den Flügeln heftig zusammen

鸽子猛烈地摆动着翅膀

»Schlange!« rief die Taube

"蛇！"

"Ich bin keine Schlange!" sagte Alice entrüstet

"我不是蛇！"

"Laß mich in Ruhe!"

"别管我！"

"Ich habe die Wurzeln von Bäumen ausprobiert"

"我试过树根"

"Und ich habe es mit Hecken versucht", fuhr die Taube fort

"我试过树篱，"鸽子继续说

»Aber diese Schlangen! Man kann es ihnen nicht recht machen!"

"可是那些蛇！没有办法取悦他们！

Alice war immer verwirrter

爱丽丝越来越困惑

"Als ob es nicht schon Mühe genug wäre, die Eier auszubrüten!" sagte die Taube

"好像孵化蛋还不够麻烦，"鸽子说

"Tag und Nacht muss ich mich auch vor Schlangen in Acht nehmen!"

"无论白天还是黑夜，我也必须提防蛇！"

"Ich hatte gerade den höchsten Baum im Wald gefunden"

"我刚刚找到了森林里最高的树"

"Wäre ich hier sicher frei von Schlangen?"

"我在这里肯定不会有蛇吗？"

"Und heraus kommt eine Schlange vom Himmel!"

"一条蛇从天上出来！"

"Aber ich bin keine Schlange, sage ich dir!" sagte Alice

"可是我告诉你，我不是蛇！"

"Ich bin ein... Ich bin ein... Ich bin ein kleines Mädchen«, fügte sie etwas zweifelnd hinzu

"我是……我是…我是个小女孩，"她颇为怀疑地补充道

Schließlich hatte sie viele Veränderungen durchgemacht

毕竟，她经历了很多变化

"Du suchst Eier!" sagte die Taube

"你在找蛋，"鸽子说

"Das weiß ich mit Sicherheit"

"我知道这是事实"

"Und was macht es aus, ob du ein kleines Mädchen oder eine Schlange bist?"

"那么，你是个小女孩还是一条蛇又有什么关系呢？"

»Es liegt mir sehr viel daran,« sagte Alice hastig

"这对我来说很重要，"爱丽丝急忙说

"Aber ich bin nicht auf der Suche nach Eiern, wie es der Zufall will"

"但我不是在找鸡蛋，就像它碰巧一样"

"Und ich würde deine Eier sowieso nicht wollen"

"反正我也不想要你的鸡蛋"
"Ich mag meine Eier nicht roh"
"我不喜欢生的鸡蛋"
»Nun, dann fort!« sagte die Taube in mürrischem Tone
"好吧，那就走吧！" 鸽子用闷闷不乐的语气说
und die Taube ließ sich wieder in ihrem Nest nieder
鸽子又回到了它的巢里
Alice kauerte sich zwischen die Bäume, so gut sie konnte
爱丽丝尽可能地蹲在树林中
Ihr Hals verfing sich immer wieder zwischen den Ästen
她的脖子一直缠在树枝之间
Hin und wieder musste sie anhalten und ihren Hals aufdrehen
她时不时地不得不停下来，解开她的脖子
Nach einer Weile erinnerte sie sich an den Pilz
过了一会儿，她想起了那个蘑菇
Sie hielt die Pilzstücke noch immer in ihren Händen
她手里还拿着蘑菇片
Und sie machte sich sehr vorsichtig an die Arbeit
她开始非常小心地工作
Zuerst knabberte sie an einem Stück
首先，她啃了一块
Und dann knabberte sie an dem anderen Stück
然后她啃了另一块
Manchmal wurde sie größer
有时她会长高
und manchmal wurde sie kleiner
有时她会变矮
Aber schließlich erreichte sie ihre übliche Größe
但最后她还是达到了平常的高度
Sie war schon seit einiger Zeit nicht mehr so groß wie sie selbst
她已经有一段时间没有达到自己的身高了
So fühlte sich alles eine Zeit lang seltsam an

所以有一段时间一切都感觉很奇怪

"Das nächste, was zu tun ist, ist, in diesen schönen Garten zu gehen"

"接下来要做的是进入那个美丽的花园"

»wie soll man das machen?«

"我想知道，这是怎么做到的呢？"

Während sie dies sagte, stieß sie auf einen offenen Platz

"说这话的时候，她来到一个空旷的地方

Da war ein kleines Haus, etwas höher als einen Meter

那里有一座小房子，比一米高一点

"Ich frage mich, wer in diesem kleinen Haus wohnt"

"我想知道谁住在这栋小房子里"

"So groß wie ich bin, kann ich sicher nicht reingehen"

"我当然不能像我这样大"

"Ich würde sie fürchterlich erschrecken!"

"我会把他们吓坏的！"

Also knabberte sie wieder an dem kleinen Pilz

于是她又啃了一口小蘑菇

Und bald brachte sie sich dreißig Zentimeter tief

很快，她就把自己降落了三十厘米

Ein Schwein und etwas Pfeffer
一头猪和一些胡椒粉

Ein oder zwei Minuten lang stand sie da und betrachtete das Haus
她站着看了一两分钟，望着房子

Plötzlich kam ein Lakai aus dem Walde gerannt
突然，一个仆人从树林里跑了出来

Er trug eine spezielle Livree-Uniform
他穿着一件特殊的制服

Seinem Gesicht nach zu urteilen, hätte sie ihn einen Fisch genannt
仅从他的脸上看，她会称他为鱼

und er klopfte laut mit den Fingerknöcheln an die Tür
他用指尖节大声地敲门

Die Tür wurde von einem anderen Lakaien geöffnet
门是另一个仆人开的

Auch dieser Lakai trug eine besondere Livree
这个仆人也穿着特殊的制服

Dieser Lakai hatte ein rundes Gesicht und große Augen wie ein Frosch
这个仆人有一张圆圆的脸和像青蛙一样的大眼睛

Der Lakai, der wie ein Fisch aussah, leitete die Zeremonie ein
看起来像鱼的仆人开始了仪式
Er zog etwas unter seinem Arm hervor
他从胳膊下掏出什么东西
Und er zog unter seinem Arm einen Umschlag hervor
他从胳膊下掏出一个信封
und diesen Umschlag übergab er dem andern Lakaien
他把这个信封交给了另一个仆人
In zeremoniellem Tone teilte er ihm die Befehle mit
他用一种庄重的语气告诉他命令
"Diese Botschaft ist für die Herzogin"
"这条信息是给公爵夫人的"
"Eine Einladung der Königin zum Krocketspielen"
"女王邀请你打槌球"
Der Lakai, der wie ein Frosch aussah, wiederholte den Befehl
那个看起来像青蛙的仆人重复了一遍命令
"Von der Königin"
"来自女王"
"Eine Einladung"
"邀请"
"für die Herzogin"
"为了公爵夫人"
"Krocket spielen"
"玩槌球"
Dann verbeugten sie sich beide tief
然后他们俩都低低地鞠了一躬
und die Locken in ihren Perücken verwickelten sich ineinander
他们假发上的卷发纠缠在一起
Bald war der Lakai, der wie ein Fisch aussah, verschwunden
很快，那个看起来像鱼的仆人就消失了
Aber der Lakai, der wie ein Frosch aussah, war immer noch

da

但那个看起来像青蛙的仆人还在那里

Er saß auf dem Boden in der Nähe der Tür

他坐在门边的地上

Er starrte dumm in den Himmel

他愚蠢地盯着天空

Alice ging schüchtern zur Tür und klopfte

爱丽丝怯怯地走到门前敲了敲门

»Es hat keinen Zweck, anzuklopfen,« sagte der Lakai

"敲门也没用，"仆人说

"Und das aus zwei Gründen"

"这有两个原因"

"Erstens, weil ich auf der gleichen Seite der Tür stehe wie du"

"首先，因为我和你在同一侧"

"Zweitens, weil sie drinnen so viel Lärm machen"

"其次，因为他们在里面制造了很多噪音"

"Niemand könnte dich hören"

"没人能听到你"

Und es war gewiß ein höchst merkwürdiger Lärm im Innern

而且里面肯定有一种最不寻常的声音

ein ständiges Heulen und Niesen

不断嚎叫和打喷嚏

und ab und zu ein Geräusch von großem Krachen

时不时传来巨大的撞击声

als ob eine Schüssel oder ein Wasserkocher in Stücke zerbrochen wäre

就像一个盘子或水壶被打碎了一样

"Wie soll ich da reinkommen?" fragte Alice

"我怎么进去呢？"

»Wollen Sie überhaupt hineinkommen?« fragte der Lakai

"你到底应该进去吗？"

"Das ist die erste Frage, weißt du"

"这是第一个问题，你知道的"

Alice öffnete die Tür und trat ein
爱丽丝打开门走了进去
Die Tür führte direkt in eine große Küche
门直接通向一个大厨房
Die Küche war von einem Ende bis zum anderen voller
Rauch
厨房从一端到另一端都充满了烟雾
in der Mitte der Küche saß die Herzogin
厨房中间是公爵夫人
Sie saß auf einem dreibeinigen Hocker
她坐在一个三条腿的凳子上
und sie stillte ein Baby
她正在哺乳一个婴儿
Die Köchin beugte sich über das Feuer
厨师靠在火上
Er rührte einen großen Kessel
他正在搅动一个大锅
und der Kessel schien mit Suppe gefüllt zu sein
锅里似乎装满了汤
"Da ist sicher zu viel Pfeffer drin!" sagte Alice zu sich selbst
“那汤里肯定有太多的胡椒粉了！”爱丽丝自言自语道
Sie sagte es, so gut sie konnte, ohne zu niesen
她尽可能地说，没有打喷嚏
Sogar die Herzogin nieste gelegentlich
就连公爵夫人也偶尔打喷嚏
Aber die Handlungen des Babys waren am
bemerkenswertesten
但婴儿的行为是最值得注意的
Das Baby nieste und heulte abwechselnd
婴儿打喷嚏和嚎叫交替
Es gab keinen Augenblick Pause zwischen Heulen und
Niesen
在嚎叫和打喷嚏之间没有片刻的停顿
Es gab zwei Kreaturen in der Küche, die nicht niesten

厨房里有两个生物不打喷嚏

Die Köchin war zu beschäftigt, um zu niesen

厨师太忙了，没时间打喷嚏

Und die große Katze schien sich nicht an dem Pfeffer zu stören

而那只大猫似乎并不介意胡椒

Stattdessen grinste die große Katze von einem Ohr zum anderen

相反，这只大猫却在咧嘴笑得合不拢嘴

»Bitte, würdest du es mir sagen,« sagte Alice ein wenig schüchtern

"请你告诉我，"爱丽丝有点怯怯地说

"Warum grinst deine Katze so?"

"你的猫为什么咧嘴笑？"

»Es ist eine Cheshire-Katze,« sagte die Herzogin

"这是一只柴郡猫，"公爵夫人说

"Und deshalb grinst er von Ohr zu Ohr"

"这就是为什么他笑得合不拢嘴"

"Ich wusste nicht, dass eine Cheshire-Katze immer grinst"

"我不知道柴郡猫总是咧嘴笑"

"Eigentlich wusste ich nicht, dass Katzen grinsen können", sagte Alice

"事实上，我不知道猫会咧嘴笑，"爱丽丝说

»Es gibt vieles, was Sie nicht wissen,« sagte die Herzogin

"你不知道的很多事情，"公爵夫人说

"Es gibt vieles, was man nicht weiß, und das ist eine Tatsache"

"有很多你不知道的，这是事实"

In diesem Augenblick nahm die Köchin den Kessel mit der Suppe vom Feuer

就在这时，厨师把汤锅从火上拿了下来

Und sogleich fing sie an, alles in ihre Reichweite zu werfen

她立刻开始把所有她能及的东西都扔出去

sie warf alles, was sie konnte, auf die Herzogin und das

Baby
她把她能做的一切都扔给了公爵夫人和婴儿
Zuerst warf sie die Feuereisen
首先，她扔出了火镲
Dann warf sie eine Handvoll Töpfe
然后她扔了一把平底锅
und schließlich warf sie die Teller und Schüsseln
最后，她把盘子和盘子扔了出去
Die Herzogin nahm keine Notiz von ihr
公爵夫人没有注意到她
Selbst als sie von einem Teller getroffen wurde, machte sie sich keine Sorgen
即使她被盘子砸中，她也不担心
Das Baby heulte schon so viel
婴儿已经嚎叫得很厉害了
Es war also unmöglich zu sagen, ob die Schläge das Baby verletzt haben oder nicht
因此，无法说这些打击是否伤害了婴儿
"Oh, gib bitte acht, was du tust!" rief Alice
"噢，请小心你在做什么！"
und sie sprang in Todesangst des Entsetzens auf und ab
她在恐惧中上蹿下跳
die Herzogin bot Alice das Baby an
公爵夫人为爱丽丝提供了婴儿
»Hier! Du kannst das Kind ein wenig stillen, wenn du willst!«
"来！如果你愿意，你可以给婴儿喂奶一会儿！
Und sie schleuderte das Kind nach ihr, während sie sprach
"她一边说一边把婴儿扔向她
"Ich muss gehen und mich darauf vorbereiten, mit der Königin Krocket zu spielen"
"我得去准备和女王打槌球了"
und sie eilte aus dem Zimmer
她匆匆忙忙地走出了房间

Alice fing das Baby mit einiger Mühe auf
爱丽丝好不容易才抓住了婴儿
weil es ein sehr seltsam geformtes kleines Wesen war
因为它是一个形状非常奇特的小生物
Und das Kind streckte seine Arme und Beine nach allen Richtungen aus
婴儿向四面八方伸出胳膊和腿
"Das Kind nehme ich lieber mit!" dachte Alice
"我最好把这个孩子带走，"爱丽丝想
"Sie werden dieses Baby sicher in ein oder zwei Tagen töten"
"他们肯定会在一两天内杀死这个孩子"
"Wäre es nicht Mord, dieses Baby zurückzulassen?"
"留下这个孩子不是谋杀吗？"
Sie sprach die letzten Worte laut aus
她大声说出了最后一句话
Und das kleine Ding grunzte als Antwort
小家伙咕哝着回答
"Du verwandelst dich am besten nicht in ein Schwein, meine Liebe!" sagte Alice
"你最好不要变成一头猪，亲爱的，"爱丽丝说
"sonst habe ich nichts mehr mit dir zu tun"
"不然我就跟你没什么关系了。"
Alice fing eben an, bei sich selbst zu denken:
爱丽丝刚刚开始心里想：
»Nun, was soll ich mit diesem Geschöpf anfangen, wenn ich es nach Hause bringe?«
"现在，当我把这个家伙带回家时，我该怎么办？"
Aber dann grunzte das kleine Geschöpf ein wenig heftig
但随后这个小家伙咕哝了一声
und Alice sah ihm erschrocken ins Gesicht
爱丽丝有些警惕地低头看着它的脸
Diesmal konnte es keinen Irrtum geben
这一次不会有错

Es war nicht mehr und nicht weniger als ein Schwein
它既不多也不少于一头猪
Da setzte sie das kleine Geschöpf ab
于是她把这个小家伙放了下来
und das kleine Geschöpf trabte leise in den Wald hinein
小家伙悄悄地小跑着走进了树林
Alice war ziemlich erleichtert, als sie die Kreatur verschwinden sah
爱丽丝看到这个生物走了，感到相当欣慰
Alice erschrak ein wenig, als sie die Cheshire-Katze sah
爱丽丝看到柴郡猫有点吃惊
Er saß auf einem Ast eines Baumes, ein paar Meter entfernt
它坐落在几码外的一根树枝上
Die Katze grinste nur, als sie sie sah
猫看到她时只是咧嘴一笑
»Cheshire-Katze,« begann Alice etwas schüchtern
"柴郡猫，"爱丽丝颇为怯怯地开始说
»Würden Sie mir bitte sagen, welchen Weg ich von hier aus einschlagen soll?«
"你能告诉我，我从这里应该走哪条路吗？"
"In diese Richtung", sagte die Katze
"在那个方向，"猫说
Und er fuchtelte mit der rechten Pfote herum
它挥舞着右爪
"In dieser Richtung lebt ein Hutmacher"
"在那个方向上住着一个帽子制造商"
Und dann winkte die Katze mit der anderen Pfote
然后猫挥动了它的另一只爪子
"Und in dieser Richtung wohnt ein Märzhase"
"在那个方向住着一只三月兔"
»Besuchen Sie, wen Sie wollen; Sie sind beide verrückt"
"你想去哪儿就去哪儿;他们都疯了"
»Aber ich will nicht unter Verrückte gehen«, bemerkte Alice
"但我不想和疯子混在一起，"爱丽丝说

"Ach, dafür kannst du nicht helfen!" sagte die Katze
"哦，你没办法，"猫说
"Wir sind alle verrückt hier"
"我们在这里都生气了"
"Spielst du heute Krocket mit der Queen?"
"你今天和女王一起打槌球吗？"
"Das würde ich sehr gerne!" sagte Alice
"我非常想，"爱丽丝说
"aber ich bin noch nicht eingeladen worden"
"但我还没有被邀请"
"Du wirst mich dort sehen!" sagte die Katze
"你会在那儿看到我的，"猫说
Und von einem Augenblick auf den anderen verschwand die Katze
从这一刻到下一刻，那只猫消失了
bald kam Alice in Sichtweite des Hauses des Märzhasen
不久，爱丽丝就看到了三月兔的房子
Das war ein sehr großes Haus
这是一座非常大的房子
Alice wollte also nicht in die Nähe des Hauses gehen
所以爱丽丝不想靠近房子
Zuerst musste sie noch etwas von dem linken Stück Pilz knabbern
首先，她得再啃一些左边的蘑菇

Eine verrückte Teeparty
疯狂的茶话会

Vor dem Haus stand ein Baum

房子前面有一棵树

Und unter dem Baum stand ein Tisch

树下有一张桌子

und der Tisch war mit allerlei Besteck gedeckt

桌子上摆满了各种各样的餐具

Der Märzhase und der Hutmacher saßen bei Tisch

三月兔和制帽者在桌旁

und zusammen tranken sie Tee

他们一起喝茶

Ein Siebenschläfer saß zwischen ihnen

一只睡鼠坐在他们之间

und der Siebenschläfer schlief fest

睡鼠睡着了

Der Tisch war von außergewöhnlicher Größe

桌子非常大

Aber der größte Teil des Tisches war unbesetzt

但桌子的大部分都没人坐

Sie saßen dicht gedrängt an einer Ecke des Tisches

他们挤在一起坐在桌子的一角

und doch entschuldigten sie sich, als sie Alice sahen

然而，当他们看到爱丽丝时，他们找了个借口

»Kein Platz! Kein Platz!« schrien sie

"没有房间！没有空间！

»Es ist viel Platz!« sagte Alice entrüstet

"空间很大！"

An einem Ende des Tisches stand ein großer Sessel

桌子的一端有一把大扶手椅

und Alice setzte sich in den Sessel

爱丽丝自己坐在扶手椅上

Der Hutmacher riss die Augen weit auf

制帽人睁大了眼睛

Er konnte nicht glauben, was er da sah
他简直不敢相信自己所看到的
aber sein Geist war neugierig auf andere Dinge
但他的头脑对其他事情感到好奇
»Warum ist ein Rabe wie ein Schreibtisch?«
"为什么乌鸦就像写字台？"
Alice war offen für die Herausforderung
爱丽丝对挑战持开放态度
"Ich bin froh, dass sie angefangen haben, Rätsel zu stellen"
"我很高兴他们开始问谜语"
»Ich glaube, das kann ich erraten«, fügte sie laut hinzu
"我相信我能猜到，"她大声补充道
Der Märzhase wurde neugierig auf Alice
三月兔对爱丽丝越来越好奇
"Glaubst du wirklich, dass du die Antwort finden kannst?"
"你真的觉得你能找到答案吗？"
»Ich glaube, ich kann die Antwort finden,« sagte Alice
"我想我确实能找到答案，"爱丽丝说
»Dann sollst du sagen, was du meinst,« fuhr der Märzhase
fort
"那你就说出你的意思吧，"马奇兔继续说
»Ich sage, was ich meine,« erwiderte Alice hastig
"我说的是我的意思，"爱丽丝急忙回答
"Zumindest meine ich ernst, was ich sage"
"至少我说的是真的"
"Das ist dasselbe, weißt du"
"那是一回事，你知道的"
Auch der Siebenschläfer trug zu dem Gespräch bei
睡鼠也为这次对话做出了贡献
Aber der Siebenschläfer schien im Schlaf zu sprechen
但睡鼠似乎在睡梦中说话
"Ich atme, wenn ich schlafe"
"我睡觉时会呼吸"
"Ich schlafe, wenn ich atme!"

"我呼吸时睡觉！"

"Man könnte genauso gut sagen, dass sie auch gleich sind"

"你还不如说他们也是一样的。"

"So ist es auch bei dir!" sagte der Hutmacher

"你也是一样的，"帽子制造商说

und er goß ein wenig Tee über die Nase des Siebenschläfers

他把一点茶倒在睡鼠的鼻子上

Das Murmelthier schüttelte ungeduldig den Kopf

睡鼠不耐烦地摇摇头

Und wieder sprach das Murmelmaus, ohne die Augen zu öffnen

睡鼠又开口了，眼睛没有睁开

"Natürlich, natürlich ist es dasselbe"

"当然，当然是一样的"

"Das wollte ich ja auch sagen"

"这就是我自己要说的"

Der Hutmacher wandte sich an Alice und stellte eine weitere Frage
帽子制造商转向爱丽丝，问了另一个问题
"Hast du das Rätsel schon erraten?"
"你猜到谜语了吗？"
"Nein, ich gebe auf", gab Alice zu
"不，我放弃了，"爱丽丝承认
"Was ist die Antwort?", wollte sie wissen
"答案是什么？"她想知道
»Ich habe nicht die geringste Ahnung,« sagte der Hutmacher
"我一点也不知道，"帽子制造商说
"Ich weiß es auch nicht!" sagte der Märzhase
"我也不知道，"行军兔说
Alice stieß einen müden Seufzer aus
爱丽丝疲惫地叹了口气
"Es gibt eine bessere Nutzung der Zeit als Rätsel ohne Antworten"
"比没有答案的谜语更能利用时间"
»Trinken Sie noch etwas Tee,« sagte der Märzhase sehr ernst zu Alice
"再喝点茶吧，"三月兔非常认真地对爱丽丝说
Alice war ziemlich beleidigt über das Angebot
爱丽丝对这个提议感到非常不满
»Ich habe noch keinen Tee getrunken,« erwiderte Alice
"我还没喝茶呢，"爱丽丝回答
"Deshalb kann ich keinen Tee mehr trinken"
"所以我不能再喝茶了"
»Du meinst, weniger Tee kannst du nicht haben«, sagte der Hutmacher
"你的意思是你不能少喝茶，"帽子制造商说
"Es ist sehr einfach, mehr als nichts zu nehmen"
"多拿比拿不拿容易"
Bei diesen Worten erhob sich Alice und ging fort

"听到这话，爱丽丝起身走了

Der Siebenschläfer schlief augenblicklich ein

睡鼠瞬间睡着了

und keiner der andern nahm die geringste Notiz davon, daß sie ging

其他人都没有注意到她的离开

obwohl sie ein- oder zweimal zurückblickte

虽然她回头看了一两次

Sie versuchten, den Siebenschläfer in die Teekanne zu stecken

他们想把睡鼠放进茶壶里

"Jedenfalls werde ich nie wieder dorthin gehen!" sagte Alice

"无论如何，我再也不会去那里了！"

Und sie ging ihren Weg durch den Wald

她穿过树林

"Das war die dümmste Teeparty, auf der ich je war"

"那是我参加过的最愚蠢的茶话会"

Gerade als sie das sagte, bemerkte sie etwas

就在她说这句话的时候，她注意到了什么

Einer der Bäume hatte eine Tür, die direkt hineinführte

其中一棵树有一扇门直接通向它

»Das ist sehr interessant!« dachte sie

"那真有趣！"

"Ich denke, ich kann genauso gut durch die Tür gehen"

"我想我还是进门吧"

Und durch die Tür ging sie

她穿过门走了

Wieder befand sie sich in der langen Halle

她又一次发现自己在长长的大厅里

Wieder stand sie dicht an dem kleinen Glastisch

她又一次靠近了那张小玻璃桌

Sie nahm den kleinen goldenen Schlüssel

她拿走了那把小金钥匙

und sie schloß die Tür auf, die in den Garten führte

她打开了通往花园的门
Dann machte sie sich daran, an dem Pilz zu knabbern
然后她开始啃蘑菇
Sie hatte ein Stück des Pilzes in ihrer Tasche aufbewahrt
她把一块蘑菇放在口袋里
Und schließlich war sie etwa einen Meter groß
最后，她大约有一米高
dann ging sie den kleinen Korridor hinunter
然后她沿着小走廊走去
Und dann fand sie sich endlich in dem schönen Garten
wieder
然后她终于发现自己来到了美丽的花园里
Und sie war zwischen den hellen Blumen und den kühlen
Springbrunnen
她在鲜艳的花朵和凉爽的喷泉之间

Der Krocketplatz der Königinnen
女王的槌球场

Ein großer Rosenstrauch stand in der Nähe des Eingangs des Gartens

一棵大玫瑰树矗立在花园的入口附近

Die Rosen, die an dem Baum wuchsen, waren weiß

树上生长的玫瑰是白色的

aber es waren drei Gärtner, die die Rose bemalten

但是有三个园丁在画玫瑰

Sie waren damit beschäftigt, die Rosen rot zu färben

他们正忙着把玫瑰涂成红色

und Alice sah zu, wie sie die Rosen rot färbten

爱丽丝看着他们把玫瑰涂成红色

und plötzlich fielen ihre Augen zufällig auf Alice

突然间，他们的目光偶然落在爱丽丝身上

Alice sprach ein wenig schüchtern

爱丽丝有点怯怯地说道

»Würden Sie es mir bitte sagen?«

"请你告诉我吗;"

"Warum malt ihr alle diese Rosen?"

"你们为什么要画那些玫瑰？"

Fünf und Sieben sagten nichts, sondern sahen zwei an

五和七什么也没说，只是看着二

zwei Sprecher, mit leiser Stimme

两个人低声说话

»Nun, die Sache ist die, sehen Sie, gnädige Frau.«

"哎呀，事实是，你看，夫人"

"Das hier hätte ein roter Rosenstrauch sein sollen"

"这儿应该是一棵红玫瑰树"

"Und wir haben aus Versehen einen weißen Rosenstrauch hineingesetzt"

"我们误把一棵白玫瑰树放进去了"

"Wie Sie mir zustimmen würden, darf die Königin es nicht herausfinden"

"正如你所同意的，女王一定不会发现的"
"Sonst würden wir uns allen die Köpfe abschneiden"
"否则我们都会被砍掉头"
"Sie sehen also, gnädige Frau, wir tun unser Bestes"
"所以你看，女士，我们正在尽力而为。"
Karte fünf hatte ängstlich über den Garten geschaut
五号卡一直焦急地望着花园的另一边
In diesem Augenblick rief die fünfte Karte: "Die Königin!
Die Königin!"
就在这时，五号牌喊道："皇后！女王！
und die drei Gärtner eilten augenblicklich davon
三个园丁立刻匆匆走开了
und sie warfen sich flach auf ihre Gesichter
他们就倒在地上
Man hörte das Geräusch vieler Schritte
传来许多脚步声
Alice sah sich um, begierig darauf, die Königin zu sehen
爱丽丝环顾四周，渴望见到女王
Am Anfang des Zuges standen zehn Soldaten
游行队伍开始时有 10 名士兵
Ihre Hände und Füße waren in den Ecken
他们的手和脚都在角落里
und in ihren Händen und Füßen waren Keulen
他们的手和脚上都有棍棒
Als nächstes kamen die zehn Höflinge
接下来是十个朝臣
die Höflinge waren über und über mit Diamanten
geschmückt
朝臣们全身都装饰着钻石
Nach den Höflingen kamen die königlichen Kinder
在朝臣之后是皇室子女
Es waren zehn der königlichen Kinder
有十个皇室孩子
und alle königlichen Kinder waren mit Herzen geschmückt

所有的皇室孩子都装饰着心形
Dann kamen die Gäste; Meist Könige und Königinnen
接下来是客人;主要是国王和王后
und unter den Königen und Königinnen sah Alice jemanden
在国王和王后中，爱丽丝看到了一个人
Sie sah wieder das weiße Kaninchen, das sie gejagt hatte
她又看到了她追赶的那只白兔
Der Prozession folgte der Spitzbube der Herzen
游行队伍后面是红心之刃
Er trug die Krone des Königs
他背着国王的王冠
und die Krone des Königs lag auf einem purpurnen Samtkissen
国王的王冠放在深红色的天鹅绒垫子上
Und dann kam das Ende dieser großen Prozession
然后，这个盛大的游行结束了
Und da waren am Ende der König und die Königin der Herzen
最后是红心 K 和 Queen
der Zug kam Alice gegenüber
队伍来到爱丽丝的对面
Und alle blieben stehen und sahen sie an
他们都停下来看着她
Und die Königin sprach streng: "Wer ist das?"
王后严厉地问：“这是谁？
Sie sagte es zum Herzknaben
她对红心之刃说
aber er verbeugte sich nur und lächelte als Antwort
但他只是鞠躬微笑作为回应
Alice sprach sehr höflich
爱丽丝非常有礼貌地说
"Mein Name ist Alice, also bitte, Eure Majestät"
“我叫爱丽丝，所以请陛下”
Aber sie hatte andere Gedanken für sich

但她心里却有别的想法

"Es ist doch nur ein Kartenspiel!"

"毕竟，它们只是一包纸牌！"

»Kannst du Krocket spielen?« rief die Königin

"你会打槌球吗？"

Die Frage war offenbar an Alice gerichtet

这个问题显然是针对爱丽丝的

"Ja!" sagte Alice laut

"是的！"

"Komm also spielen!" brüllte die Königin

"那你来玩吧！"

sprach eine schüchterne Stimme zu Alice

一个胆怯的声音对爱丽丝说

"Es ist ein sehr schöner Tag!"

"今天真是个晴朗的一天！"

Sie ging an dem weißen Kaninchen vorbei

她从那只白兔身边走过

und das weiße Kaninchen guckte ihr ängstlich ins Gesicht

白兔焦急地偷看她的脸

»ein sehr schöner Tag,« bestätigte Alice

"真是个晴朗的一天，"爱丽丝肯定道

»Wo ist die Herzogin?«

"公爵夫人在哪儿？"

»Still! Still!" sagte das Kaninchen

"嘘！嘘！

"Sie ist zum Tode verurteilt"

"她被判处死刑"

»Wofür wird sie hingerichtet?« fragte Alice

"她被处决是为了什么？"

"Sie hat der Königin die Ohren abgewetzt", begann das Kaninchen

"她擦伤了女王的耳朵，"兔子开始说

schrie die Königin mit Donnerstimme

女王用雷霆般的声音喊道
"Ran an eure Plätze!"
"到你们的地方去！"
Und die Leute rannten in alle Richtungen herum
人们开始向四面八方跑来跑去
Und sie fielen alle aneinander
他们都互相撞了起来
Sie hatten sich jedoch in ein oder zwei Minuten beruhigt
然而，他们在一两分钟内就安定下来了
Und dann begann das Spiel
然后游戏开始了
Alice hatte noch nie einen so merkwürdigen Krocketplatz
gesehen
爱丽丝从未见过如此奇特的槌球场
Das Gras bestand nur aus Graten und Furchen
草地上全是山脊和沟壑
Die Krocketbälle waren echte Igel
槌球是真正的刺猬
und die Schlägel waren echte Flamingos
木槌是真正的火烈鸟
und die Soldaten standen auf Händen und Füßen
士兵们用手和脚站着
weil die Bögen aus ihren Körpern gemacht wurden
因为拱门是由他们的身体制成的
Die Spieler spielten alle gleichzeitig
玩家同时玩
Niemand wartete, bis er an der Reihe war
没有人等待轮到他们
und jeder stritt sich mit jedem
大家都和大家争吵起来
und alle kämpften für die Igel
所有人都在为刺猬而战
Bald geriet die Königin in eine wütende Leidenschaft
很快，王后就陷入了愤怒的激情中

Und sie fing an, herumzustampfen und zu schreien
她开始跺脚大喊大叫
»Hacken Sie ihm den Kopf ab!«
"砍掉他的头！"
"Hack ihr den Kopf ab!"
"砍掉她的头！"
"Hackt ihnen alle Köpfe ab!"
"把他们的头都砍下来！"
Wieder dachte Alice bei sich.
爱丽丝又心想
"Sie lieben es schrecklich, hier Menschen zu enthaupten"
"他们非常喜欢在这里斩首"
"Das große Wunder ist, dass überhaupt noch jemand am Leben ist!"
"最神奇的是，竟然还有人还活着！"
Sie sah sich nach einem Ausweg um
她正在寻找某种逃生的办法
Sie bemerkte eine merkwürdige Erscheinung in der Luft
她注意到空气中出现了一个奇怪的景象
»Es ist die Cheshire-Katze,« sagte sie zu sich selbst
"是柴郡猫，"她自言自语道
"Jetzt habe ich jemanden, mit dem ich reden kann"
"现在我得找个人谈谈了"
"Wie geht es dir?" fragte die Katze
"你过得怎么样？"
»Ich glaube nicht, daß sie ganz und gar fair spielen«, sagte Alice
"我认为他们玩得一点也不公平，"爱丽丝说
Und sie hatte einen ziemlich klagenden Ton
她的语气颇为抱怨
"Sie streiten sich alle so fürchterlich"
"他们都吵得那么可怕"
"Man hört sich selbst nicht sprechen"

"一个人听不到自己说话"
"Und sie scheinen sich nicht an irgendwelche Regeln zu halten"
"而且他们似乎不按任何规则行事"
die Katze stellte Alice mit leiser Stimme eine Frage
猫低声问爱丽丝一个问题
"Wie gefällt dir die Königin?"
"你觉得女王怎么样？"
»Ich mag sie gar nicht,« sagte Alice
"我一点都不喜欢她，"爱丽丝说

Alice dachte, sie könnte genauso gut zurückgehen
爱丽丝觉得她还是回去吧
Sie wollte sehen, wie das Spiel läuft
她想看看游戏进展如何
Sie machte sich auf die Suche nach ihrem Igel
她出去寻找她的刺猬
Der Igel war damit beschäftigt, gegen einen anderen Igel zu

kämpfen

刺猬正忙着与另一只刺猬战斗

Das war eine ausgezeichnete Gelegenheit

这是一个绝佳的机会

Sie konnte einen Igel mit dem anderen krocketen

她可以用一只刺猬和另一只刺猬槌

Aber ihr Flamingo war auf der anderen Seite des Gartens

但她的火烈鸟在花园的另一边

Der Flamingo war ziemlich tollpatschig

火烈鸟相当笨拙

Ihr Flamingo versuchte, gegen einen Baum zu fliegen

她的火烈鸟正试图飞到一棵树上

Sie packte den Flamingo am Bein

她抓住了火烈鸟的腿

Und sie schob sich den Flamingo unter den Arm

她把火烈鸟塞到胳膊下

So konnte der Flamingo nicht mehr entkommen

这样火烈鸟就无法再次逃脱

In diesem Augenblick traf Alice zufällig die Herzogin

就在这时，爱丽丝碰巧遇到了公爵夫人

Die Herzogin war nun aus dem Gefängnis entlassen worden

公爵夫人现在已经出狱了

Sie schob ihren Arm liebevoll unter Alices Arm

她深情地把胳膊塞进爱丽丝的胳膊下

Und dann gingen sie zusammen fort

然后他们一起走了

Alice war sehr froh, sie in so angenehmer Laune zu finden

爱丽丝发现她脾气这么好，真是太高兴了

Sie erschrak jedoch ein wenig

然而，她还是有点吃惊

Sie hörte die Stimme der Herzogin dicht an ihrem Ohr

她听到了公爵夫人的声音，就在她耳边

"Du denkst über etwas nach, meine Liebe"

"你在想什么，亲爱的"

"Und das lässt dich das Reden vergessen"
"这让你忘了说话"
»Das Spiel geht jetzt etwas besser«, sagte Alice
"比赛现在进行得更好了，"爱丽丝说
Es war eine Möglichkeit, das Gespräch am Laufen zu halten
这是保持对话进行的一种方式
»So ist es,« sagte die Herzogin
"确实是这样，"公爵夫人说
"Und die Moral davon ist folgende."
"而这其中的寓意是这样的："
"Es ist die Liebe, die alles macht!"
"是爱成就了一切！"
"Liebe ist das, was die Welt bewegt"
"爱是世界运转的动力"
Alice hatte eine andere Erklärung
爱丽丝有另一种解释
"Das macht jeder, der sich um seine eigenen
Angelegenheiten kümmert!"
"每个人都管自己的事！"
»Ah, gut! Du könntest Recht haben"
"啊，好吧！你可能是对的"
»Es bedeutet alles ziemlich dasselbe,« sagte die Herzogin
"这都意味着差不多一样的事情，"公爵夫人说
und sie grub ihr spitzes kleines Kinn in Alices Schulter
她把她那尖尖的小下巴挖进爱丽丝的肩膀上
"Und die Moral davon ist folgende"
"它的寓意是这样的"
"Kümmere dich um die Sinne"
"照顾好感觉"
"Und dann erledigen sich die Klänge von selbst"
"然后声音会自己照顾好"
Aber dann fing der Arm der Herzogin an zu zittern
但随后公爵夫人的手臂开始颤抖

Alice blickte auf und da stand die Königin
爱丽丝抬起头来，女王站在那里
Die Königin hatte die Arme verschränkt
女王双臂交叉
Und sie runzelte die Stirn wie ein Gewitter!
她皱着眉头，像暴风雨一样！
»Ich warne dich!« schrie die Königin
"我给你一个公平的警告，"王后喊道
Und sie stampfte auf den Boden, während sie sprach
她一边说着，一边跺着地
"Entweder dein Kopf oder ihr Kopf muss ausgeschaltet sein"
"要么你的头，要么她的头必须掉下来"
"Treffen Sie Ihre Wahl!"
"随你选！"
"Und beeilen Sie sich"
"而且要快点"
Die Herzogin traf ihre Wahl
公爵夫人做出了她的选择
und in einem Augenblick war die Herzogin verschwunden
不一会儿，公爵夫人就走了
Da sprach die Königin zu Alice
然后，王后对爱丽丝说话
"Weiter geht's mit dem Spiel"
"让我们继续游戏"
Alice war zu erschrocken, um ein Wort zu sagen
爱丽丝吓得一句话也说不出来
und langsam folgte sie ihrem Rücken zum Krocketplatz
她慢慢地跟着她回到了槌球场
Die ganze Zeit stritt sich die Dame mit den anderen Spielern
皇后一直与其他玩家争吵
»Hacken Sie ihm den Kopf ab!«
"砍掉他的头！"
"Hack ihr den Kopf ab!"
"砍掉她的头！"

"Hackt ihnen alle Köpfe ab!"
"把他们的头都砍下来！"
Bald waren alle Spieler in Gewahrsam
很快，所有球员都被拘留了
nur der König, die Königin und Alice blieben zurück
只剩下国王、王后和爱丽丝
Da ging die Königin, ganz außer Atem
然后女王气喘吁吁地走了
und sie ging mit Alice fort
她和爱丽丝一起走了
Alice hörte, wie der König leise etwas sagte
爱丽丝听到国王悄悄地说了些什么
"Ihr seid alle begnadigt"
"你们都被赦免了"
aber plötzlich hörte man einen neuen Schrei
但突然又听到了一声哭声
"Der Prozess beginnt!"
"审判开始了！"
und Alice lief mit den andern
爱丽丝和其他人一起跑

Wer hat die Torten gestohlen?
谁偷了蛋挞？

Der Herzkönig und die Herzkönigin saßen
红心国王和红心皇后就座

sie saßen auf ihrem Thron, als Alice ankam
当爱丽丝到来时，他们正在他们的宝座上

Eine große Menschenmenge war um sie herum versammelt
他们周围聚集了一大群人

Es gab allerlei kleine Vögel und Bestien
有各种各样的小鸟和野兽

Und da war das ganze Kartenspiel
还有整包牌

Der Spitzbube stand in Ketten vor ihnen
那把刀站在他们面前，戴着锁链

und auf jeder Seite war ein Soldat, der ihn bewachte
两边各有个士兵看守他

in der Nähe des Königs war das weiße Kaninchen
国王身边有一只白兔

Er hatte eine Trompete in der einen Hand
他一只手拿着小号

Und in der andern Hand hielt er eine Pergamentrolle
他的另一只手里拿着一卷羊皮纸

In der Mitte des Platzes stand ein Tisch
庭院的正中央有一张桌子

Auf dem Tisch stand eine große Schüssel mit Torten
桌上放着一大盘蛋挞

**"Ich wünschte, sie würden den Prozess zu Ende bringen",
dachte Alice**
“我希望他们能完成审判，”爱丽丝想

"Dann könnten wir etwas von diesen Erfrischungen essen!"
“那我们就可以吃点东西了！”

Der Richter war übrigens der König
顺便说一句，法官是国王
und er trug seine Krone über seiner großen Perücke
他把皇冠戴在他的大假发上
»Das ist die Loge der Geschworenen!« dachte Alice
"那是陪审团席，"爱丽丝想
"Und diese zwölf Geschöpfe, ich nehme an, sie sind die Geschworenen"
"还有那十二个生物，我想他们就是陪审员。"
einige waren Tiere, andere waren Vögel
有些是动物，有些是鸟
In diesem Augenblick schrie das weiße Kaninchen auf
就在这时，白兔叫了起来
"Schweigen im Gericht!"
"法庭上安静！"
»Herold, lesen Sie die Anklage!« sagte der König
"传令官，读读控告书！"

Das weiße Kaninchen blies drei Stöße auf die Trompete
白兔吹响了小号三声

dann entrollte er die Pergamentrolle
然后他展开了羊皮纸卷轴

Und er las folgendes:
他读到如下：

"Die Königin der Herzen, sie hat ein paar Torten gebacken."
"红桃皇后，她做了一些馅饼，"

"All das tat sie an einem Sommertag"
"这一切都是她在一个夏日做的"

"Der Schurke der Herzen, er hat diese Torten gestohlen"
"红心之士，他偷走了那些蛋挞"

"Und er hat diese Torten weit weg gebracht!"
"他把那些蛋挞带到了很远的地方！"

»Rufen Sie den ersten Zeugen,« sagte der König
"传唤第一个证人，"国王说

und das weiße Kaninchen blies drei Stöße auf die Trompete
白兔吹响了号角

»Bringt den ersten Zeugen!« rief er
"带来第一个证人！"

Der erste Zeuge war der Hutmacher
第一个证人是帽子制造商

Er kam mit einer Teetasse in der einen Hand herein
他一手拿着茶杯进来

Und in der anderen Hand hatte er ein Stück Brot und Butter
他的另一只手里拿着一块面包和黄油

»Du hättest fertig sein sollen,« sagte der König
"你应该说完的，"国王说

"Wann hast du angefangen?"
"你什么时候开始的？"

Der Hutmacher schaute sich den Märzhasen an
帽子匠看着那只三月兔

Der Märzhase war ihm in den Hof gefolgt
三月兔跟着他进了院子

Er war Arm in Arm mit dem Siebenschläfer gegangen

他和睡鼠手挽手走过

»Ich glaube, es war der vierzehnte März«, sagte er

"我想是 3 月 14 日，"他说

»Geben Sie Ihre Aussage,« sagte der König

"拿出你的证据，"国王说

"Und sei nicht nervös, sonst lasse ich dich auf der Stelle hinrichten"

"别紧张，不然我会当场处决你。"

Das schien den Zeugen überhaupt nicht zu ermutigen

这似乎一点也不鼓励证人

Er rutschte immer wieder von einem Fuß auf den anderen

他不停地从一只脚移动到另一只脚

und er sah die Königin unruhig an

他不安地望着王后

und in seiner Verwirrung biß er ein großes Stück aus seiner Teetasse

他困惑地从茶杯里咬了一大块

Eigentlich wollte er von seinem Brot und seiner Butter beißen

他真的是想咬他的面包和黄油

In diesem Augenblick fühlte Alice eine sehr merkwürdige Empfindung

就在这时，爱丽丝感到一种非常奇怪的感觉

Sie fing an, wieder größer zu werden

她又开始长大了

Der unglückliche Hutmacher ließ seine Teetasse fallen

可怜的制帽匠掉下了他的茶杯

und das Brot und die Butter fielen zu Boden

面包和黄油掉在地上

und er fiel auf die Knie

他单膝跪地

»Ich bin ein armer Mann, Eure Majestät,« begann er

"我是个穷人，陛下，"他开始说

»Du bist ein sehr schlechter Redner,« sagte der König
"你是个很差的演讲者，"国王说
»Du darfst gehen,« sagte der König
"你可以走了，"国王说
und der Hutmacher verließ eilig den Hof
帽子制造商匆匆离开了庭院
»Rufen Sie den nächsten Zeugen her!« sagte der König
"传唤下一个证人！"
Der nächste Zeuge war die Köchin der Herzogin
下一位证人是公爵夫人的厨师
Sie trug die Pfefferdose in der Hand
她手里拿着胡椒盒
Und die Leute in der Nähe der Tür fingen auf einmal an zu niesen
门口附近的人一下子都打了个喷嚏
»Geben Sie Ihre Aussage,« sagte der König
"拿出你的证据，"国王说
»Ich will nichts beweisen,« sagte die Köchin
"我不拿任何证据，"厨师说
Der König sah das weiße Kaninchen ängstlich an
国王焦急地看着那只白兔
Und das weiße Kaninchen sprach mit leiser Stimme
白兔小声说道
"Eure Majestät müssen diesen Zeugen ins Kreuzverhör nehmen"
"陛下必须盘问这位证人"
»Nun, wenn ich muß, so muß ich,« sagte der König
"嗯，如果我必须的话，我必须，"国王说
"Woraus bestehen Torten?"
"蛋挞是用什么做的？"
»Torten werden meistens aus Pfeffer gemacht«, sagte die Köchin
"蛋挞大部分是用胡椒做的，"厨师说
Einige Minuten lang war der ganze Hof in Verwirrung

有几分钟，整个法庭都陷入了混乱
Schließlich ließen sie sich alle wieder nieder
最终，他们都再次安定下来
Aber da war die Köchin schon verschwunden
但那时厨师已经消失了
»Macht nichts!« sagte der König
"没关系！"
"Rufen Sie den nächsten Zeugen in den Zeugenstand"
"传唤下一位证人出庭"
Alice beobachtete das weiße Kaninchen, wie es an der Liste herumfummelte
爱丽丝看着那只白兔摸索着名单
Sie können sich vorstellen, wie überrascht sie war, als sie das hörte, was sie als nächstes hörte
你可以想象她接下来听到的声音会感到惊讶
Mit lauter schriller kleiner Stimme rief er den Namen »Alice!«
他用尖锐的小嗓门叫着这个名字"爱丽丝！"

Alices Beweise
Alice 的证据

»Hier!« rief Alice
"在这里！"
Sie sprang in großer Eile auf
她急忙跳了起来
und sie kippte die Geschworenenloge um
她翻倒了陪审团席
und sie warf alle Geschworenen um
她打翻了所有的陪审团成员
und sie fielen auf die Köpfe der Menge unten
他们就倒在了下面人群的头上
Alice war in großer Bestürzung
爱丽丝非常沮丧
»Oh, ich bitte um Verzeihung!« rief sie aus
"哦，我求你原谅！"
»Der Prozeß kann nicht fortgesetzt werden,« sagte der König
"审判不能继续，"国王说
"Die Geschworenen müssen wieder an ihre angestammten
Plätze zurückkehren"
"陪审员必须回到他们应该的位置上"
Er wiederholte den Befehl mit großem Nachdruck
他非常强调地重复了这个命令
und er sah Alice streng an
他严肃地看着爱丽丝
"Was weißt du über diese Ereignisse?" fragte der König
Alice
"你对这些事件了解多少？"
»Ich weiß nichts von der Sache,« sagte Alice
"我对这个问题一无所知，"爱丽丝说
Dann las der König aus seinem Buch vor
然后国王从他的书中读出来
"Regel zweiundvierzig"
"规则 42"

"Alle Personen, die mehr als eine Meile hoch sind, sollen
das Gericht verlassen"
"所有身高超过一英里的人都要离开法院"
»Ich bin keine Meile hoch,« sagte Alice
"我没有一英里高，"爱丽丝说
»Fast zwei Meilen hoch,« sagte die Königin
"差不多有两英里高，"王后说

»Nun, ich weigere mich zu gehen,« sagte Alice
"嗯，我不肯走，"爱丽丝说
Der König erbleichte
国王脸色苍白
und er schloß hastig sein Notizbuch
他匆匆关上了他的笔记本
»Überlegen Sie sich Ihr Urteil«, sagte er zu den
Geschworenen
"考虑一下你的裁决，"他对陪审团说
Er sprach mit leiser, zitternder Stimme

他用低沉、颤抖的声音说
Da sprach das weiße Kaninchen
然后白兔开口了
"Es werden noch mehr Beweise kommen"
"还有更多证据"
und er sprang in großer Eile auf
他急忙跳了起来
"Dieses Papier wurde gerade abgeholt"
"这篇论文刚刚被捡起来"
"Es scheint ein Brief des Gefangenen zu sein"
"这似乎是囚犯写的一封信"
Er faltete das Papier auseinander, während er sprach
他一边说一边展开那张纸
"Es ist doch kein Brief"
"毕竟，这不是一封信"
"Was es war, war eine Reihe von Versen"
"那是一组经文"
»Bitte, Eure Majestät,« sagte der Spitzbube
"拜托了，陛下，"小刀说
"Ich habe diese Verse nicht geschrieben"
"那些诗句不是我写的"
"und sie können nicht beweisen, dass ich etwas geschrieben habe"
"他们无法证明我写了什么"
"Am Ende ist kein Name unterschrieben"
"最后没有签名"
Der König sprach mit dem Spitzbuben
国王对 Knave 说话
"Du musst vorgehabt haben, Unheil anzurichten"
"你一定是故意捣蛋的"
"Sonst hättest du wie ein ehrlicher Mann unterschrieben"
"要不然你早就像个老实人一样签上你的名字了"
Es gab ein allgemeines Händeklatschen

大家都拍手叫好

Und der König wandte sich an das weiße Kaninchen

国王转向白兔

»Lest die Verse!« befahl er.

"读这些经文，"他命令道

Es herrschte Totenstille im Gerichtssaal

法庭上一片死寂

und das weiße Kaninchen las die Verse vor

白兔读出诗句

Sie sagten mir, du wärst bei ihr gewesen

他们告诉我你去过她

Und sie erwähnten mich ihm gegenüber

他们向他提到了我

Sie gab mir einen guten Charakter

她给了我一个好品格

Aber sie sagte, ich könne nicht schwimmen

但她说我不会游泳

Er ließ ihnen wissen, dass ich nicht gegangen sei

他给他们发了我没有去的消息

Wir wissen, dass es wahr ist

我们知道这是真的

Wenn sie die Sache vorantreiben sollte, was würde aus dir werden?

如果她把这件事推下去，你会怎么样？

Ich gab ihr einen, sie gaben ihm zwei

我给她一个，他们给他两个

Du hast uns drei oder mehr gegeben

您给了我们三个或更多

Sie sind alle von ihm zu dir zurückgekehrt

他们都从他那里回到你身边

obwohl sie vorher meine waren

虽然他们以前是我的

Wenn ich oder sie die Chance haben sollte,

如果我或她有机会

Wenn ich oder sie in diese Affäre verwickelt wäre
如果我或她参与了这件事
Er vertraut auf dich, dass du sie befreien wirst
他相信你能释放他们
Genau so wie wir waren
和我们一模一样
Ich hatte den Eindruck, dass Sie
我的想法是你一直
Bevor sie diesen Anfall hatte
在她有这个
Ein Hindernis, das dazwischen kam
介于两者之间的障碍
Er und wir und es
他，还有我们自己，还有它
Lass ihn nicht wissen, dass sie ihr am besten gefallen haben
不要让他知道她最喜欢他们
Denn dies muss für immer ein Geheimnis bleiben, das vor
allen anderen verborgen bleibt
因为这必须永远是一个秘密，不让其他人知道
Dieses Geheimnis muss ein Geheimnis zwischen dir und
mir bleiben
这个秘密必须是你我之间的秘密
Der König war sehr beeindruckt
国王印象深刻
"Das ist das wichtigste Beweisstück, das wir bisher gehört
haben"
"这是我们听到的最重要的证据"
»Ich glaube nicht, daß diese Verse auch nur ein Atom
Bedeutung haben,« wandte Alice ein
"我不相信那些诗句有一点意义，"爱丽丝反对道
der König hatte seine eigene Meinung zu dieser
Angelegenheit
国王对此事有自己的看法
"Wenn diese Worte keinen Sinn haben, erspart das eine
Menge Ärger"

"如果这些词没有意义，那就省去了一堆麻烦"
"Dann brauchen wir nicht zu versuchen, den Sinn zu finden"
"那我们就不需要试着去找意思了"
"Lassen Sie die Geschworenen über ihr Urteil nachdenken"
"让陪审团考虑他们的裁决"
»Nein, nein!« sagte die Königin
"不，不！"
"Erst die Verurteilung, dann das Urteil"
"先判刑 后判刑"
"Zeug und Unsinn!" sagte Alice laut
"胡说八道！" 爱丽丝大声说
"Wie dumm ist es, den Angeklagten zuerst zu verurteilen!"
"先判刑被告是多么愚蠢啊！"

»Schweige!« sagte die Königin und färbte sich violett an
"住嘴！"
"Ich werde nicht den Mund halten!" sagte Alice
"我不会闭口不言的！"

schrie die Königin aus voller Kehle
女王大声喊道
"Hack ihr den Kopf ab!"
"砍掉她的头！"
Niemand machte eine Bewegung
没有人动静
"Wen kümmert es, was du sagst?" sagte Alice
"谁在乎你说什么呢？"
Zu diesem Zeitpunkt war sie bereits zu ihrer vollen Größe herangewachsen
这时她已经长到全能的体型
"Du bist nichts als ein Kartenspiel!"
"你不过是一堆纸牌！"
Bei diesen Worten hoben sich alle Karten in die Luft
这时，所有的牌都升起了
und alle Karten flogen auf sie herab
所有的牌都飞来飞去
Sie stieß einen kleinen Schrei aus
她发出了一声小小的尖叫
Sie war halb erschrocken, aber auch wütend
她半怕半生
Und sie versuchte, sich gegen die Karten zu wehren
她试图从自己身上挣扎
Und dann fand sie sich auf der Grasbank liegend
然后她发现自己躺在草地上
Ihr Kopf lag im Schoß ihrer Schwester
她的头靠在她姐姐的腿上
Einige abgestorbene Blätter waren auf ihrem Gesicht gelandet
一些枯叶落在她的脸上
und ihre Schwester wischte vorsichtig die Blätter weg
她的姐姐轻轻地把树叶拂去
»Wach auf, liebe Alice!« sagte die Schwester
"醒醒吧，亲爱的爱丽丝！"

"Was für einen langen Schlaf hast du gehabt!"

"你睡得真长啊！"

"Oh, ich habe so einen merkwürdigen Traum gehabt!" sagte Alice

"噢，我做了个这么奇怪的梦！"

Und sie erzählte ihrer Schwester alles, woran sie sich erinnern konnte

她把她能记得的一切都告诉了她的姐姐

all die seltsamen Abenteuer, von denen Sie gerade gelesen haben

您刚刚阅读的所有奇怪的冒险

Alice stand auf und rannte davon

爱丽丝起身跑开了

Und während sie lief, dachte sie an ihren Traum

她一边跑一边想着她的梦想

"Was für ein wunderbarer Traum das gewesen war!"

"这真是个美妙的梦！"